心闇裁き

龍之助江戸草紙

喜安幸夫

時代小説

二見時代小説文庫

目次

はぐれ同心 闇裁き――龍之助 江戸草紙

一　見えた闇

一

お白洲《しらす》に音を立て、その者は勢いよく粗莚《あらむしろ》に腰を落とした。

(納得いかねえ)

反発を示す、ふてぶてしい座りようだった。顔を玉砂利にうつむけているので、その人相がよく見えない。

背後で縄目を持った縄取《なわとり》が片膝をつき、正面の一段高い裁許座敷に向かって控えの姿勢をとった。

(どうせ虫けら……)

前面の床几《しょうぎ》に腰を据えた定町廻り同心の鬼頭龍之助《きとうたつのすけ》は、興味なさそうに男から目をそらせた。

「――きょうのお白洲は、殺しの咎人《とがにん》が一人」

と、聞かされている。それも、

「――賭場《とば》のいざこざで、やくざ者同士の喧嘩だ」

もともとその裁きは、龍之助が探索にも詮議にもたずさわっていない案件だった。手を染めた同心たちが出払い、たまたま同心溜《だま》りにいた龍之助が白洲の形合わせに、代役で駆り出されただけだった。

（迷惑なこと）

市中見廻りに出かけようとしていたところを与力に命じられ、咎人以上に龍之助のほうがふてぶてしく床几に腰を据えたのだ。〝迷惑〟との思いは、いま白洲へ引き出されている咎人だけではなく、急遽《きゅうきょ》出払った同僚たちに対してでもあった。

「だっちもねーっ」

突然の絞り出すような咎人の呻《うめ》きに、龍之助はあらためて粗莚へ視線を向け、

「……ん？」

目を凝《こ》らした。

「お出ましーっ」

　上座から聞こえてきた。裁許座敷の奥の襖《ふすま》が開き、長袴《ながばかま》の主任与力と助《すけ》与力二人が現れ、書役《かきやく》が脇の文机《ふづくえ》の前に収まった。

　粗莚《さげん》の男は命じられるまま、面《おもて》を上げた。ざんばら髪で頬もこけていたが、

（左源太《た》！　小仏《こぼとけ》の左源太じゃないか⁉）

　龍之助は胸中に声を上げた。うつむいていたから分からなかったが、いまははっきりと見える。左源太はうしろ手のまま、裁許座敷の主任与力を睨みつけている。

　ざんばら髪だがあの顔、三年ぶりか……間違いない。声もなつかしく聞き覚えのあるものだった。床几に腰を下ろしたまま龍之助は背筋を伸ばし、左源太を凝視《ぎょうし》した。

その〝だっちもねー〟は、甲州詞《ことば》で〝どうしようもない〟という意味よりも、

　――我慢できやせんぜ！

　その意思表示が含まれていることを、龍之助は知っている。左源太のその口癖のあとには必ず、行動がともなっていたのだ。

　左源太も、自分を見つめる視線に気づいたか、床几のほうへかすかに顔を向け、

「龍《たつ》兄イ⁉」

　思わず低声《こごえ》を吐き目を瞠《みは》った。

　――なぜだ

ふたつの視線が、白洲の空間に結び合った。

(兄イ、なぜそこにいる)

(おまえこそ、どうしたのだ)

場所が裁許の下される北町奉行所の白洲とあっては、二人の視線は問い合うことのできないもどかしさを強めた。

座敷の助与力《すけよりき》にうながされ、左源太は顔を正面に向け、龍之助もそれにつづき固唾《かたず》を呑んだ。主任与力の罪状認否が始まった。これまで何度か取り調べがあったのか、

「へえ、そのとおりにございます」

左源太が質《ただ》され、認めた内容は、

――ご法度《はっと》の賭場で刃物を振って人を刺し、一人を死に至らしめた

それだけの、きわめて短いものだった。

だが、左源太は腰を浮かせ叫んだ。

「これが真っ当なお裁きですかい!」

いとも簡単に申し渡された裁きが、

――永《なが》の遠島《えんとう》

だったのだ。

すぐさま六尺棒に両肩を押さえつけられた。なおも暴れるようなら前面の両脇に控えた龍之助ら同心二人が玉砂利を蹴り、刃引きの刀を叩きつけねばならない。左源太はそこまでは騒がず、両肩を六尺棒に押さえつけられたまま裁許座敷の筆頭与力を睨みつけ、さらに床几に座ったままの龍之助と目を合わせた。

龍之助は解した。

（無期限の遠島を申し渡されたことに対してではない。ほかに何かある）

左源太の視線は、龍之助の疑問を肯是《こうぜ》していた。

流人船《るにんぶね》は年二回、春と秋に出る。

いまは天明《てんめい》五年（一七八五）秋、流人船が出るのは、なんとあしたであった。それを龍之助が知ったのは、白洲から引き立てられていく左源太を目で送り、同心溜りに戻ってからだった。

手際がよすぎる。というよりも、

（なにやら、仕組まれたような）

そう思わずにはいられない。

だが、与力が一旦下した裁許を、同心ごときがくつがえせるものではない。しかも出船はあしたなのだ。

流人を乗せた船は大川を下り、鉄砲洲で三日間、親類縁者との別れを許され、佃《つくだ》島《じま》から出る。それすらも左源太には赦《ゆる》されず、翌日には、役人しかおらず最後の人別《にんべつ》確認の点呼を受けるだけの佃島に、縄目を受けたまま北町奉行所の仮牢から直行させられた。

船は佃島の桟橋に泊まっていた。控え小屋から咎人たちが出てきた。桟橋までほんの十数歩だ。縄目は桟橋で解かれる。遠島の咎人は十五、六人いた。奉行所の小者が縄目を解いている。

「左源太」

さりげなく近づいた龍之助は低声をかけた。

昨夜、龍之助は八丁堀の組屋敷で眠れなかった。だが、担当でもない同心にできることといえば、理由をつけて佃島に出張《でば》り、そっと声をかけることくらいしかない。

「あ、兄イ。来てくれると思ってやしたぜ」

「しっ」

龍之助はかすかに叱声を吐いた。まわりには奉行所の同輩や小者たちがいる。これより遠島になる者から〝兄イ〟などと呼ばれるのはまずい。

左源太は頷《うなず》いた。

「言いたいことは？　早く」

「乗れーい」

船から船頭の胴間声《どうまごえ》が落ちてきた。

左源太は六尺棒に小突かれ桟橋へ歩を進め、振り返った。低い声だった。

「音羽三丁目に、峠《とうげ》のお甲《こう》ってえ女を尋《たず》ねてくだせえ」

「峠のお甲？」

龍之助は反復した。

左源太の足はもう渡し板を踏んでいた。

遠ざかる帆を見送った足で、

（〝峠の〟など二つ名を持っているとは……鉄火場の女か）

思いながら龍之助は北町奉行所に引き返し、左源太が〝人を刺した〟という事件を調べた。きのうの裁許であれば、すぐに分かった。

左源太は芝神明宮《しばしんめいぐう》門前の、東海道に近い一角で開帳されていた賭場に入っていた。

そこで左源太の弁によれば、

「――いかさまを暴《あば》いて賭場の若い連中と喧嘩になり、つい刺しちまった」

なるほど、

「左源太ならあり得ることだ」

龍之助はみょうに納得した。しかし、分かったのはそこまでだった。なんのことはない、きのう白洲で主任与力が読み上げた罪状のとおりである。ならば死罪にはならずとも、遠島は妥当なところだ。だが、左源太は叫んだ。

「――真っ当なお裁きですかい！」

左源太は身勝手な与太などではなく、白黒のはっきりした男であることを龍之助は知っている。左源太が毒づいたのは、何に対して……。

数日かけて同輩や仮牢の小者たちに聞いてまわった。分かることはあった。人を刺した現場で町の岡っ引と自身番の者におとなしく捕縛され、北町奉行所の仮牢に入れられたのは六日前のことだった。捕縛されたのは四、五人いたそうだが、大番屋に送られ、詮議にかけられたのは左源太一人だった。仮牢の小者たちによれば、

「――ほかのやつらはどうした。開帳していたやつらで、新たに捕まった者はいねえのかい」

連日、格子のなかから叫んでいたという。賭場に騒ぎがあればそのあと芋づる式に

何人かが捕縛され、一同そろって詮議されるものである。だが、それがなかった。刑の申し渡しも左源太一人だったのだ。

　胴元を捕えるのに格好の事件であったにもかかわらず、

「──これにて一件落着」

　主任与力は言い渡し、本件の詮議をすべて終了したのだ。

（解《げ》せぬ）

　だが、三宅島《みやけじま》まで訊きに行くことなどできない。六日間も、自分が毎日出仕していた北町奉行所の仮牢に左源太がいたのに気づかなかったことを、龍之助は悔いた。同時に、

「すまぬ、左源太」

　海に向かって詫《わ》びた。

　──音羽三丁目の、峠のお甲
　龍之助は尋ねようとした。しかし、困難があった。おいそれとは動けないのだ。龍之助が定町廻り同心で、音羽の方面を担当していないという理由からではない。一度決着をつけた事件を掘り返すのが、奉行所内で禁忌《きんき》とされているからでもない。

　迷った。そのなかに、白洲で龍之助に気づいて驚き、さらに桟橋で振り返ったとき

の左源太の目が忘れられない。

（頼っている、この俺を）

弱音は見せていなかったが、明らかにその目付きであった。

二

鬼頭龍之助が小仏の左源太と、突然疎遠《そえん》になったのは三年前である。龍之助のほうから、左源太の前を別れの一言もなく去ったのだった。理由《わけ》はあった。

（……許せ！　俺の将来《さき》がかかっているのだ）

それであった。

龍之助が武士とも町人ともつかぬ出《い》で立《た》ちで、東海道筋の浜松町界隈から高輪《たかなわ》のあたりにかけ無頼の日々を送っていたころ、

「兄イ、龍《たつ》の兄イよう」

と、無宿者の左源太がすり寄ってきたのだった。二人は気が合った。無頼といっても、土地の者から嫌われてはいなかった。街道で乱暴を働いたり、堅気《かたぎ》の商人に難癖をつけては金銭をせびろうとしている輩《やから》を見つけては叩きのめし、そこに愉快を感じ

ていたのだ。

龍之助はことのほか剣技に優れ、町人身分ながら大名家の剣術試合にでも出れば、最後まで勝ち残るのではないかと言われるほどの腕だった。そこにすり寄った左源太は、身が軽く動作が機敏だった。

龍之助が芝四丁目にある鹿島新當流《かしましんとうりゅう》の室井玄威斎《むろいげんいさい》道場へ通いはじめたのは、十歳のころからであった。武家の血を引いているのか、師範の玄威斎が〝この子は！〟と唸《うな》るほど、すぐ頭角を現した。

物心がついてより、龍之助は自分の境遇が解せなかった。東海道筋の芝二丁目の江戸湾芝浜《しばはま》に近い、町家の小さな一軒家に、母と二人暮らしだったのだ。だからといって、日々の生活《たつき》に窮しているわけでもなかった。むしろ、裕福だった。

それに不思議がもう一つあった。そこは町家であり、よく家に来る面々もお店者《たなもの》や女中たちで、母の多岐《たき》が〝お父《とっ》つぁん〟と呼び、龍之助には〝じいちゃん〟と呼ばせていたのは、日本橋の北側に伸びる室町《むろまち》に、乾物問屋の暖簾《のれん》を掲げる浜野屋のあるじ与兵衛《よへえ》であった。与兵衛が来るときには、いつも番頭や丁稚《でっち》がお供についていた。かなりの大店《おおだな》のようだ。すべてが、町家の暮らしなのだ。ところが多岐は、家のなかでは龍之助に自分を武家のように〝母上〟と呼ばせ、自分自身を〝わたくし〟と言わせていた。しかも毎日午前、正座で書見台《しょけんだい》に向かって四書五経《ししょごきょう》の素読をさせ、文机に向かっては習字をさせ、もちろん多岐はそれらができた。午後には近所の娘たちが行儀作法見習いに来ていた。

十歳のころであったか、

「母上。なぜわたくしには父上がおりませぬのか」

思い切って訊《き》いた。多岐は厳しい表情になり、応《こた》えた。

「います。なれど、父上の出世のため、あたくしたちはここで暮らしているのです」

「なぜでございます」

「いまに分かります。父上は、屹度《きっと》そなたを迎えにまいります」

「ならば、その父上とは誰なのです」

龍之助は喰い下がった。

母は言わなかった。だが、

「このことはよく覚えておきなさい。そなたのお父上は身分のある武家で、そなたの名も父上の幼名である龍助《たつすけ》からいただいたものなのです」

十歳の身で、幼名を〝龍助〟といった〝名のある武士〟など找《さが》しようがない。龍之助は不満だった。多岐が龍之助を、おなじ街道筋の芝四丁目にある鹿島新當流の室井道場に通わせはじめたのは、このときの龍之助の問いがきっかけだった。

「準備をしておくのです」

多岐は言っていた。

武家である父が迎えに来るのを待つためというよりも、これまで書見台や文机に向かっていた毎日よりも、広い道場で竹刀《しない》や木刀を振りまわすほうが、龍之助には断然おもしろかった。熱中した。そのかわり、四書五経や習字は夜の仕事となった。道場には場所柄、弟子にはむろん武家の子弟も来ていたが、町人や職人の子弟たちも少なくなかった。武家と町家の者が混在し、身分に関係なく腕によって序列の決まる雰囲気が龍之助には気に入った。

その雰囲気のなかで龍之助は年齢以上に腕を上げ、十代なかばになったころには師範の玄威斎から直《じか》に稽古を受けるようになった。

玄威斎という人物像にも、龍之助は興味を持った。鹿島新當流といえば、世が戦国時代に入った室町末期に、常陸国《ひたちのくに》で塚原卜伝《つかはらぼくでん》が実戦のなかから興した一派である。その流れを汲む室井玄威斎がなぜ根付いていた常陸を捨て、江戸の一角で単独の道場を開いたのか、

「先生は、常陸といまは縁がありませぬのか」

龍之助が二十歳《はたち》になったころだった。一度、訊いたことがある。

「あると言えばある。ないと言えばない。いずれも心のなかのこと」

玄威斎は応え、

「人はそれぞれ。ゆえに人は一人の人たり得るのじゃ」

似ていた。龍之助も、武家や町家の道場仲間から実家を訊かれても応えようがなかった。室町の乾物問屋・浜野屋がそうであるようなないような、それでいて龍之助の身に備わった言葉遣いも立ち居振る舞いも武家に近いのだ。

「龍之助！　己《おのれ》を生きよ！」

龍之助が面や胴をしたたかに打たれ転倒したときなど、さらに玄威斎は起き上がりざまを打ち込み、励ますように言っていた。

道場に通い、龍之助には楽しいことがまだあった。

街道筋のかなり広い範囲にかけて、騒ぎが起これば住人の誰かが室井道場に駈け込んでいた。道場からは若い者が稽古着のまま木刀を手にドッと出る。それで騒ぎは収まっていた。率先して走る者のなかに、必ず龍之助がいた。一度、相手が若い武士三人で、駈けつけた室井道場の者のうち武家の者が後難を恐れ、たじろいだことがあった。武士たちは刀を抜き、茶店のあるじや野次馬の往来人たちを威嚇《いかく》していた。酒が入っていたようで、茶汲み女に無体《むたい》な悪戯《わるさ》をしようとしたのだ。

「恥を知れいっ」

一人が飛び出すなり木刀で瞬時に三人の刀を叩き落とし、胴や肩を打ちすえた。龍之助だった。道場仲間の武家出身の者たちに、龍之助は言った。

「失うものがなければ、恐いものはなかった。恐いものなど何もないわ」

実際、恐いものはなかった。三人の若い武士たちの事件も、それっきりでなんの音沙汰もなく、尾を引くことを怖れた士分の道場仲間などはかえって拍子抜けしたものだった。

やがて龍之助は求められなくても街道筋の町々を、不逞《ふてい》の輩《やから》を求めて徘徊《はいかい》するようになった。そこに、

「堅気さんに難儀をかけるだっちもねーやつらなんど、許せにゃあよ」

と、共鳴したようにすり寄ってきたのが、小仏の左源太だったのだ。そういう左源太自身も、あちこちの繁華な町の裏通りでくだを巻いている無宿者だった。

だが気が合った。龍之助は二十代なかばで、左源太はそれより五歳ほど若かった。すばしこく目端《めはし》が利き、不逞の輩を左源太が見つけ出しては一緒に駈けつけ、相手が武士であれ遊び人であれ、

「お天道《てんとう》さまはお見通しだぜ」

などと襲いかかることもしばしばあった。龍之助が外で伝法な口調になるのは、母が言う〝身分のある武家〟への反発だったのかもしれない。

「おめえ、まるで鼠を見つける猫みてえなやつだなあ。それにその身のこなし、以前は軽業《かるわざ》でもやってたのか」

「へへ。なんなら人さまの家へでも忍んでみせますぜ。おっと、盗みなどはしやせんがね」

龍之助が訊いたのへ、左源太は応え、

「あっしはね、甲州は小仏《こぼとけ》宿《しゆく》の近くの、樵《きこり》とマタギをかねた家のせがれでやんしてね、おやじと一緒に木に登ったり岩場を駈けて鉄砲を撃ったりしておりやした」

「ほう、甲州街道だな。で、なんで江戸へなんぞ」

「おやじが谷に落ちておっちんじまいやがって、おっ母アは街道で旅の侍に難癖をつけられ、斬り殺されやした。あっしの目の前で……」

「ふむ。それで敵《かたき》を討つため、江戸へ……か」

「ま、最初はね。だけん、江戸は広い。侍が江戸の者とも限らんし。いまはもう、生きるのが……」

「精一杯か」

「へえ」

　街道筋の飲み屋で、いましがた馬子の酔っ払いを外に叩き出し、店のあるじのおごりで一杯呑んでいたときである。左源太は話した。ここ数年、決まった塒《ねぐら》もないという。

　四書五経や書道はすでに母・多岐の手には負えなくなっていたためではないが、当然帰るのは夜遅くなる。多岐は心配し、とくに浜野屋与兵衛などは、街道筋に龍之助の名が知られるのとともに眉をしかめていた。堅気から見れば、道場には通うがそれ以外は無宿の左源太とおなじ、まったくの無頼だったのだ。

　そのようななかに浜野屋与兵衛が死去し、すでに隠居していたため乾物屋の家業に影響はなかったが、番頭と一緒に、龍之助も顔をよく知っている多岐の妹の息子が芝二丁目の家を訪ねてきた。息子といっても龍之助とおなじでそろそろ三十路《みそじ》に手が届こうかという年齢であった。龍之助の従弟《いとこ》であり、龍之助を〝従兄《にい》さん〟と呼んでいたが、このときはきっぱりと言った。

「叔母《おば》さん、それに従兄さん。浜野屋とは縁を切っていただきたい」

　もちろん、その従弟が〝与兵衛〟の名を継ぎ浜野屋の亭主に収まるためでもあるが、それにもまして龍之助の無頼の日々が日本橋を越え、室町あたりにまで聞こえていたためだった。商家に遊び人の影は、口には出さないが、

「迷惑」

なのだ。

「与太のような子分を引き連れ、喧嘩三昧《ざんまい》で街道筋の茶屋や飲み屋を無銭で飲み歩いている」

浜野屋には伝わっている。見た目には、確かにそうだった。おそらく従弟も番頭も芝界隈に出張り、道場仲間より左源太やその類《たぐい》の者を引き連れ、肩で風を切って歩いている姿を直接目にしたのであろう。出で立ちは筒袖《つつそで》に袴《はかま》を着け、髷《まげ》は月代《さかやき》を伸ばし武士とも町人ともつかない総髪の儒者髷にし、腰に大刀一本を差し込み、武芸者のように見える。見えるのではなく、技も気風《きっぷ》もともなっていた。実直な商家には、とても受け入れられるものではない。

「よろしい」

多岐は明瞭な口調をつくり、

「ですが、あなた。龍之助を見誤っております」

言った。

「叔母さん、分かっておりますよ。ですけどねえ、叔母さんのほうこそ、わたしの気持ちを分かってくださいよ」

浜野屋与兵衛を継ぐ従弟は、真剣な顔で言っていた。それだけ商いを大事にしているのであろう。商人気質《かたぎ》などまったく持ち合わせていない龍之助ではあったが、従弟のそうした心情は理解できた。

転機が訪れたのは、龍之助が三十歳になったときだった。

母・多岐が死去したのだ。龍之助は泣いた。葬儀は従弟である浜野屋与兵衛が出してくれた。

死期を悟ったとき、多岐は病床に龍之助を呼び、

「向後《こうご》の身の振り方、室井先生に相談するのです」

実家の浜野屋ではなく、道場の室井玄威斎の名をあげた。父親の名は、最後まで言わなかった。だが、母が口にした室井玄威斎なら……。龍之助の心に残った。

三

いつもの午前の稽古のあと……といっても玄威斎は老い、奥の部屋に引きこもった

ままで、龍之助とあと二人の士分の弟子が師範代をつとめていた。

奥の玄威斎の部屋に入った。

朝から秋の風にも冬を感じはじめた一日だった。

「来たか」

玄威斎は、龍之助が思いつめた表情で部屋に来るのを待っていたようだった。龍之助はその視線に誘われたように、冒頭から喰いつくように問いを入れた。

「お師匠は！　わが母より、何かお聞きではありますまいか」

「落ち着け」

「お師匠」

「落ち着くのだ」

玄威斎は迷っているようだった。落ち着けとは、龍之助よりも自分自身に言っている言葉だったのかもしれない。

「お師匠！　わが母はお師匠に何を!?」

「…………龍之助」

「はっ…………」

部屋に沈黙がながれた。

玄威斎は老いても寝込んでいるわけではない。胡坐《あぐら》を組み、二人は向かい合っている。若い弟子が淹《い》れた茶を玄威斎はゆっくりと口にあて、

「そなたがこの道場に来たころじゃった。束脩《そくしゅう》（入門金）も謝儀《しゃぎ》（授業料）も、さるお屋敷から出ておってのう」

「えっ」

初耳だった。母の多岐が出しているものとばかり思っていた。母の背後には大店の浜野屋があったのだ。だが、違っていた。

「どこ、どこの屋敷でござりますか！」

龍之助は上体を前にせり出した。

その視線を玄威斎は受け、部屋にはふたたび沈黙がながれた。

玄威斎の口が動いた。

「もう言ってもよかろう」

「お師匠！」

「うむ」

玄威斎は頷《うなず》き、

「そなた。何を聞かされても、自分の道は自分で切り拓《ひら》く気概を失うまいぞ」

「はっ。それが鹿島新當流の教えなれば」

「うむ」

玄威斎はまた頷き、

「日本橋蠣殻町《かきがらちょう》の、九州豊後《ぶんご》は相良《さがら》藩五万七千石の下屋敷からじゃ」

「ええぇ！」

龍之助は予想外のことに、

「ならば、わたくしの父とは、その相良藩の藩士？」

「いいや」

「では、足軽か中間《ちゅうげん》？」

「それも違う」

「では、いったい」

「当主じゃ」

「…………？」

龍之助は飲み込めなかった。

また沈黙がながれ、玄威斎はゆっくりと言った。

「分からぬか。相良藩の当主といえば、田沼意次《たぬまおきつぐ》さまじゃ」

「え、え、え！」

田沼意次の名なら、龍之助も知っている。いまは幕閣で権勢ならぶ方なき老中である。かつて多岐が言った「身分ある武家」は、龍之助の想像をはるかに超えていた。さらに「父上の出世のため」というのも、事実であった。

「二十年前、多岐どのと田沼屋敷のご用人がここに見えられてのう。すべてを聞かされたのじゃ」

玄威斎は語った。

田沼意次は、紀州藩の足軽の子として生まれた。紀州藩出身の八代吉宗《よしむね》将軍に見出され柳営《りゅうえい》（幕府）の小身旗本に取り立てられたのを皮切りに、持ち前の気転と叡智によってたちまち西ノ丸小姓から六百石旗本へと出世し、そのとき町家から田沼屋敷へ行儀見習で奉公に上がっていた多岐に意次の手がついた。生まれたのが龍之助であった。自分の幼名の〝龍助〟を与えるなど、意次の多岐への想いが偲《しの》ばれる。だが、意次には出世欲があった。その屋敷に腰元であっても町家の出の女との子がいては、向後の妨《さまた》げになる。意次の心中を多岐は承知し、乳飲み子の龍之助を抱き屋敷を出、室町の実家の浜野屋に戻った。

浜野屋与兵衛は狼狽《ろうばい》したが現実を受け入れ、意次に悪態をつくことはなかった。だが、出戻りの多岐に実家の居心地は悪かった。多岐の希望もあり、与兵衛が用意したのが芝二丁目の寮であった。多岐は仕合わせだった。武士の子である龍之助がいるのだ。龍之助を稽古の荒い鹿島新當流の室井玄威斎道場に通わせたのも、多岐の意志であり、意次も用人を遣《つか》わし武術の鍛錬を奨励した。上達が早く、玄威斎からも目をかけられているのが嬉しかった。だが、多岐には悲しくもあった。その後の意次の出世が目覚ましすぎたのだ。

将軍家が八代から九代へと進むにつれ小姓組番頭《ばんがしら》となり、さらに将軍家の御側御用取次《おそばごようとりつぎ》から側用人となって幕政に関与し、十代家治《いえはる》将軍のときには相良藩の大名に出世し、さらに老中となって幕政を握るにいたった。

（もう、手の届かぬ人）

多岐は思わざるを得なかった。だが、年に一度は意次の用人が秘かに芝二丁目の寮を訪れ、

『息災か』

意次の言葉を伝えていた。

「あっ」

ゆっくりと語る玄威斎の前で、三十歳の龍之助は声を上げた。思い当たる節《ふし》がある

のだ。三人の若い武士を叩きのめしたときだった。あとでその三人がいずれも高禄旗本の次男、三男で、龍之助と一緒に街道を走った者は後難に恐れおののいた。だが、旗本三家になんら動きはなく、一同は拍子抜けしたものだった。老中なら、用人が一言いうだけでいかなる高禄の旗本でも黙らせることは容易だろう。

「お師匠」

龍之助は玄威斎を見つめたが、

「そなたの母君から託されておるのは、さような話をすることではない」

玄威斎は肝心な用件に入った。

「これは田沼さまとはなんら関係なきこと。そなたの母君・多岐どのの一存に依《よ》るものと思え。なれど、それを決めるのはそなたの胸一つ。その話をするのを、わしは多岐どのから託《たく》されておってのう。葬儀の日以来、おまえがこの部屋に来るのを待っておったのじゃ」

「母がお師匠に、何か遺言でも?」

「そうさのう、遺言のようなものじゃ。そこの違い棚に文箱《ふばこ》があるじゃろ。それをこれへ」

命じた。

「…………」

文箱が玄威斎の前に置かれた。

開けた。入っていたのは、数枚綴りの書状であった。

「見よ」

「これは？」

見慣れた母の筆跡ではない。

——御蔵米《おくらまい》三十俵二人扶持《ぶち》　鬼頭家《きとうけ》
と、ある。

「多岐どのが身罷《みまか》るすこし前じゃった。八丁堀に町奉行所の組屋敷があろう。そこの家系が一つ絶えてのう。おまえの実家の浜野屋は、両町奉行所にも乾物を納めていよう。いまのあるじの与兵衛どのがそれを耳にし、多岐どのに話したのじゃ。わしも相談を受けてのう。多岐どのの願いじゃった」

多岐が世を去れば、龍之助は三十路にもなってますます放蕩の世界に入り込むかもしれない。多岐と二代目浜野屋与兵衛から相談を受けた玄威斎は、さっそく龍之助の後見人となって手を打った。家系の絶えた鬼頭家の親類に話をつけ、養子縁組という形で北町奉行所同心の株を買ったのだ。費用は浜野屋が用意した。

「そ、そのようなことを。いつの間に⁉」

驚く龍之助に玄威斎は、

「受けるも受けぬも、そなた次第。いかがか」

受ければ、明日からでも龍之助は鬼頭龍之助となり、八丁堀の組屋敷に入ることになる。

「その前に、お師匠」

龍之助は返答をにごし、

「母が、それにお師匠も、田沼意次さまの件を知っておられながら、これまでわたくしに秘しておられたのは何ゆえ」

「もっともな質問じゃ。のう、龍之助。このことは心して聞け。ただ一言じゃ。二度とは言わんぞ」

「ははっ」

龍之助は緊張した。

「世は移ろいやすいもの。自分の道は自分で切り拓かねばならぬ。多岐どのはそなたが未熟なうちに、人を頼る甘えの心情が起きてはならぬと判断されたからじゃ。そこにわしも同感したゆえのう」

「ううっ」

龍之助は呻《うめ》いた。

数日後であった。

玄威斎からも言われ、龍之助の身は蠣殻町の相良藩下屋敷にあった。奥庭に片膝をつき、頭《こうべ》を垂れ控えている。ななめうしろには、中間《ちゅうげん》をともない芝二丁目まで呼びに来た下屋敷留守居の武士がおなじように片膝をついていた。

待つほどもなく、縁側に田沼意次は出てきた。小姓を従えておらず、一人でのお出ましである。

縁側に立ったまま、龍之助の肩を見つめている。冬場に入り、小春日和の一日だった。

「…………」

会いたかった気もある。同時に、反発もある。伏したまま、複雑に交差するそれらの気持ちを、龍之助は懸命に抑えている。

連れてきた留守居が、

「龍之助どの、いや、さま、に、ござります」

意次に言葉を催促するように言った。龍之助をどう呼んでいいか戸惑っている口調だった。それにはお構いなく意次は、

「龍之助……か」

「はっ」

庭の土に、龍之助は息を吐いた。

「近《ちこ》う、もっと、近う」

縁側から声が聞こえる。

意次は中腰になっていた。

龍之助は狼狽気味の留守居にうながされ、一膝前にすり出た。

「もっとじゃ。もっと近う」

「ははっ」

龍之助は腰を上げ、膝に手をのせ縁側のそばまで歩み寄った。道場で、師範に呼ばれ進み出るときの容《かたち》だ。

「うむ」

意次は頷き、縁側の踏み石に降りた。すぐそこに龍之助の肩がある。

「多岐には、済まぬことをしてしもうた。先日、葬儀のあったことは聞いておる」

その息を、龍之助は肩に感じた。己のことよりも、まず意次から聞きたかった言葉である。〝出世のため〟母と自分を捨てた〝父〟への反発が、胸中に霧消するのを龍之助は覚えた。

「これ、そのままでは顔が見えぬではないか。面《おもて》を上げい」

「ははっ」

五万七千石の大名であり、権勢比類なき老中が、市井《しせい》に住む者と直接言葉を交わすなどあり得ることではない。しかも、大名家の下屋敷といえば、別宅であり火災時などの避難場所でもあり、時によっては藩主の憩いの場ともなる。その下屋敷に、意次はこの日をわざわざ設定したのだ。座敷でないのは、公《おおやけ》に認めた血筋ではないため、仕方のないことである。

龍之助は肩に温《ぬく》もりを感じた。意次が肩に手をかけたのだ。

「うむ」

ふたたび意次は頷いた。肩の筋肉から、鹿島新當流の稽古を積んでいることを確認したのであろう。

龍之助は顔を上げた。老いてはいるが、面長ですっきりと通った鼻筋に目が鋭く、いかにも切れ者といった顔がそこにあった。

その意次が、再度頷いた。龍之助の風貌は、あきらかに意次の血を引いている。

「息災でなによりじゃ。これからもな。見守っておるぞ、沙汰《さた》を待て」

この日の対面はそこまでであった。留守居は最初の場所に、驚いた表情で控えている。龍之助の素性は聞かされていないようだ。

中腰であった敷石から意次は縁側に戻り、振り返った。

「そうそう、龍之助。その髷ではまずかろう。さっそく結いなおしておくのじゃ。町方の小銀杏《こいちょう》も、なかなかいいものぞ」

家臣には見せない、やわらかい口調をつくった。多岐が生前に町奉行所の同心株を買ったことを知り、新たな門出にと下屋敷に召したようだ。

道場の櫺子窓《れんじまど》からのぞいても龍之助を見かけなくなり、不審に思った左源太が芝二丁目の枝道に足を入れたのは、そのあとしばらくしてからであった。空き家になっていた。近所の者に聞いても分からない。

気にはなっていた。だが、無頼も取り締まらねばならない町奉行所の同心である。しかも新米のうちから、無宿者が八丁堀の組屋敷に出入りしてはまずい。

（すまぬ、左源太よ）

龍之助は思いながらも、

「――沙汰を待て」

意次の言葉が念頭にある。いま、母の手配してくれた役職を、無茶などして失策《しくじ》ってはならない。母が死ぬまで留意し、玄威斎が戒《いまし》めた、〝人を頼る心情〟が、このとき生じていたのかもしれない。

敷地百坪ほどもある組屋敷に、以前からいた下男と飯炊きの年寄り夫婦をそのまま屋敷に置き、新たな生活は始まっていた。

以前の鬼頭家がそうであったように定町廻りに配属され、さいわい担当となった四ツ谷界隈に事件もなく、組屋敷でも奉行所でもきわめておとなしく、目立つ存在にはならなかった。恙無《つつがな》く過ごさねばとの甘えが、怠惰まで呼んでいたのかもしれない。

なにしろ背後には、従弟の浜野屋与兵衛に感謝しながらも、いまを時めく老中・田沼意次がいるのだ。

（やはり、甘えが生じたかのう）

その日常を聞いた室井玄威斎は思い、

（新たな役務を覚えるまでなら、あいつにはそれもよかろうか）

苦笑したものである。

それから三年、意次に言われて結った小銀杏もすっかり堂に入り、奉行所の仕組はおおかた知り、周囲の同僚たちから新米扱いもされなくなっていた。〝沙汰を待て〟の言葉を胸に秘め、田沼意次の名を周囲に出すこともなかった。龍之助の名から意次の幼名を連想する者もいない。もっとも鬼頭龍之助が鹿島新當流の室井道場で目録を受け、師範代を務めていたことは、玄威斎を後見人としたこともあって周囲に知られている。奉行所内での立ち合いで、このときばかりは手加減をしなかった。互角に近い者はいたが、与力にも先輩同心にも龍之助に敵《かな》う者はおらず、その点では奉行の曲《まがり》淵《ぶち》甲《か》斐守《いのかみ》影漸《かげゆき》も一目《いちもく》置いた。そのような鬼頭龍之助が借りてきた猫のようにおとなしいのだから、かえって周囲には不気味に映っていたかもしれない。

奉行所にも慣れた一日、鬼頭龍之助は室町の浜野屋に挨拶伺いをしたあと、かつて徘徊した街道筋に足を向けたことがある。総髪に筒袖の龍之助を知っている者は、着流しに羽織を引っかけ、小銀杏を結った龍之助に目を瞠《みは》ったものである。だが、そのなかに小仏の左源太はいなかった。聞けば、不意に龍之助がいなくなりしばらくしてから左源太の姿も界隈から消えたらしい。行方は分からなかった。

やはり気になる。八丁堀の暮らしが平穏であれば、かえって左源太との日々が無性に偲ばれてくる。そのようなときに、北町奉行所の白洲で、三年ぶりに再会したのである。

三

佃島に左源太を見送った翌日である。

「あれー、旦那さま。きょうは非番なのにどちらへ」

広くもない庭を掃除していた下男の茂市《もいち》が声をかけてきた。前の鬼頭家の血筋が絶えたとき、以前から下男と飯炊きであった老夫婦が行く場所がないというので、奉行所がそのまま留守番役として暫時《ざんじ》住まわせていた。新たな者が越してくれば、下男や下女も入れ替わるものだが、龍之助はそのまま老夫婦を雇用したため、

「――温情のある男だ」

と、最初から近隣の同心家族の受けはよかった。龍之助にすれば、新たに下男や下女をさがすのは面倒だったし、八丁堀の日常を知る者が屋敷におれば、なにかにつけ便利と思ったのだ。実際に便利で、老夫婦も龍之助に感謝した。婆さんはウメといった。

「あゝ、ちょっとな」

八丁堀を出た龍之助の足は、日本橋の蠣殻町に向かった。室町の浜野屋にはこれまでも何度か足を運び、同心姿に安堵し目を細める従弟の与兵衛と歓談しているが、組屋敷から室町とは逆方向になる蠣殻町へ向かうのは、三年前のあの日以来これが初めてである。

(すまぬ、左源太)

もう幾度、胸中に呟《つぶや》いたことであろうか。せめて左源太が捕縛されたときに事件を知っていたなら、手の打ちようもあったのだ。喧嘩沙汰の一人や二人、老中を背景に留守居がちょいと口を入れればどうとでもなったろう。だが、流人船の出たあととあっては、できることは一つしかない。

――赦免《しゃめん》

である。

龍之助にとっては〝伝家の宝刀〟である。それを抜こうとしている。

(左源太のためなら、その価値はあろう)

龍之助は左源太に対し、放っておいたという負い目がある。

相良藩下屋敷の勝手口に訪《おとな》いを入れると、八丁堀の役人が裏手からそっと来たことに中間は緊張したようだが、留守居はすぐに出てきた。その場で用件を話した。

「一応、殿には申し上げておこう」

留守居は戸惑った表情で応じた。無理もない。三年前に呼んだ市井の者が今度は同心姿で来ている。急速に石高を増やした田沼意次には、そのつど新たに召し抱えた家来が多い。幼名が〝龍助〟だったことを知らない家臣も多い。

(なにやら殿と不思議な因縁がある人物)

留守居には映っていよう。ならば、伝えないわけにはいかない。

「お留守居どの。お頼み申し上げましたぞ」

念を押すように言うと龍之助はすぐに退散した。

あとは左源太の言っていた〝音羽三丁目の、峠のお甲〟である。一度決着した案件などと言っておれない。すでに〝伝家の宝刀〟は抜いたのだ。

日に日に冬を感じはじめた一日だった。

「あんれ、旦那さま。きょうは隠密?」

朝、出かけようとする龍之助に下男の茂市が玄関口で声をかけた。

「うむ」

「お気をつけて」

頷いた龍之助へ、心配げに腰を折り見送った。茂市が〝隠密?〟と言ったように、きょうの龍之助は筒袖によれよれの袴を着け、古い羽織を着込んでいる。塗笠で同心の目印でもある小銀杏を隠せば、どこから見ても浪人である。定町廻りであっても、探索の内容によっては変装もすることを、屋敷の下働き夫婦は心得ている。

江戸湾に近い八丁堀から江戸城北西の位置にある護国寺《ごこくじ》門前の音羽《おとわ》町なら、簡単な仕事でも行って帰ってくるには丸一日はかかる。遠出となるため、草鞋《わらじ》の紐はしっかりと足に結んだ。大小をウメから受け取りながら、

「きょうは遅くなるぞ」

「へえ」

茂市もウメも、返事を返しただけであとはもう何も訊かない。やはり長年八丁堀の組屋敷に奉公しているだけのことはある。

これまでも熟練の同心について町人姿になったことはあるが、久しぶりに浪人姿で歩けば芝二丁目のころに戻ったようで、足取りも軽くなってくる。

定町廻りの持ち場である四ツ谷御門前の町家を足早に通り過ぎ、牛込《うしごめ》御門前から城の外濠《そとぼり》に沿った往還を離れ、護国寺門前の音羽町に入ったのは、ちょうど昼時分であった。龍之助には初めての町だったが、

「ふむ。似ているわい、雰囲気が」

であった。芝二丁目から北へ東海道の金杉橋を越えてすぐの増上寺門前と、趣《おもむき》がおなじなのだ。芝の増上寺が将軍家の菩提寺なら、音羽の護国寺は将軍家の祈禱寺である。格式に遜色《そんしょく》はなく、寺域の広大さも似ているとなれば、その門前町の規模の大きさもまた似ていた。そこに加え、寺社門前独特の雰囲気も……である。

寺社門前の町々は、境内につながった一連の土地として、町奉行所ではなく寺社奉行が管掌《かんしょう》していた。その町には八丁堀の与力も同心も職務で立ち入ることはできず、だから盗賊がいずれかの門前町に逃げ込めばその身は安泰であった。しかも寺社奉行には町奉行所のような機動組織はなく、自然の成り行きでご法度の岡場所が立ち、賭場が立ち、飲食の店が集まり、町の治安は土地の者が独自に維持していた。といっても、自身番のような公《おおやけ》のものではない。遊び人の〝親分〟といった類《たぐい》の者が、顔を利かせていたのである。

これでは具合が悪いと柳営（幕府）が行政を一部変更し、寺社の門前は町奉行所の管轄とした。延享二年（一七四五）のことで、左源太が島送りになった天明五年より四十年も前のことである。だが、そう容易に町のようすが変わるものではなく、岡場所や賭場、そこに群がる飲食の店もそのままで、裏の治安組織が根を張ったところへ十手《じって》が入るのは困難だった。左源太が喧嘩沙汰で賭場の人間を刺したのも、芝神明宮《しんめいぐう》の門前町だった。

だからといって、恐ろしい場所《ところ》ではない。不思議と秩序は守られ、江戸市民に寺社参詣を兼ねた行楽の場を提供していたのだ。

護国寺門前の大通りは、十丁（およそ一粁《キロ》）余に及ぶ。山門前から音羽一丁目、二丁目と九丁目まで町が区分され、多くの参詣人がそうであるように牛込御門の方面から行けば、九丁目から町の賑わいを見ながら山門へと向かうことになる。男も女も小綺麗に身なりを整えている者が多い。それらのそぞろ歩く広い通りの両脇には飲食をはじめ蠟燭《ろうそく》、仏具、石材、衣料などの暖簾《のれん》が軒端《のきば》にはためき、さらに天ぷら、川魚、そばうどん、焼きイカなどの屋台が場を競うように点在して呼び込みの声を上げ、それらの数は九丁目から一丁目へと進むにしたがって増していく。

左源太は〝三丁目のお甲〟と言った。ということは山門にかなり近く、音羽町のなかでもけっこうな場へ塒《ねぐら》を置いていることになる。飲食や岡場所の値も家賃も、九丁目から一丁目へ行くにしたがい高くなるのだ。

「ほう、ほうほう。江戸のはずれにも、かような場所があったのか」

九丁目から順に歩を進め、中ほどの五丁目のあたりでつい香ばしい匂いに誘われ、焼きイカの屋台に立ち寄った。

「へい、お武家さま」

と、団扇《うちわ》で煙を通りのほうへ音を立て流していた男の威勢もいい。しかもイカは目の前での焼きたてである。空きっ腹のせいではない。熱く、旨《うま》かった。門前の賑わいのなかで、武士であろうと商家の娘であろうと立ち喰いは無作法ではない。むしろそのほうが周囲に溶け込んでいる。二本目の串を手にしたとき、

「おう、おやじ。このあたりに、おもしろい場《ところ》はないか」

聞き込みである。その作法は同心歴三年となれば、一応心得ている。小銀杏の髷に着流しで羽織をつけ、雪駄で地面にシャー、シャーと音を立て、いかにも八丁堀の看板を背負った出で立ちなら、見知らぬ相手に何を訊いても得るものは少ないだろう。寺社の門前ならなおさらである。九丁目に入るなり土地の若い衆が一人か二人、ぴたりと背後についていたかもしれない。きょうの龍之助は塗笠をかぶり、浪人姿でふところには十手も忍ばせていない。

おやじはニヤリとし、

「お武家さまも、隅に置けやせんねえ。こっちですかい。それともこっち?」

手で壺を振るまねをし、ついで小指を立てた。

「ま、いい目が出ればと思ってな」

「そうですかい。こっちでやすね」

また壺を振る仕草をし、

「そのあたり、どこでも脇道に入りゃあ若い男が呼び込みの声をかけてきまさあ。でもねえ旦那」

と、焼きイカの親父は空を顎《あご》でしゃくった。太陽がちょうど中天にかかっている。お天道さまの下でおおっぴらにできる遊びではないとの意味だ。

「ま、そうだろうなあ。それまでどっかの茶屋で昼寝でもするか。そうさなあ、どうせ暗くなるまで待つのなら、丁半にもちょいと色気のあるのがいいかのう」

「おっ、旦那。この土地は初めてでも、けっこうおやんなすっているようですねえ。だったらほれ、陽が落ちてからその先の三丁目の脇道に入り、たむろしている若い衆に訊いてみなせえ。案内してくれまさあ」

三丁目……お甲のようだ。当てずっぽうに言った〝色気のある〟が当っていたようだ。ならばお甲という女は、壺振りかもしれない。それにこの界隈では、珍しさもあるのだろう、けっこう知られた存在のようでもある。だが、調子に乗って名まで質《ただ》すのは、

（まずい）

せっかく乗ってくれている相手に、警戒心を持たせるだけだ。

まだ昼間だが、焼きイカのおやじに聞いた三丁目の枝道に入った。枝道に入ってすぐのあたりは、表通りの延長でけっこう身なりの整った参詣客が、昼の腹ごしらえかちょいと休憩を求めて料理屋や茶屋を物色《ぶっしょく》している。町人もいれば武士もいる。そこへ筒袖に羽織も袴も古着で浪人じみていても、漆《うるし》の塗笠が尾羽打枯《おはうちから》した者でないことを示している。その風貌からも一端《いっぱし》の武芸者のように見え、どこを歩いても違和感はなく、だから焼きイカのおやじも安心して〝色気のある〟賭場があることまで話したのだろう。

脇道からさらに路地をのぞけば、雰囲気はおもての活気とは逆に、気だるさを刷《は》いた辺鄙《へんぴ》な通りとなり、不案内な者ならちょいと躊躇《ちゅうちょ》しそうだ。だが、日暮れとともにそうした一帯には提燈《ちょうちん》がならび、白粉《おしろい》の香に女の嬌声が聞こえ、遊び客が行き交う場となる。

「このあたりか」

およその見当をつけ、その怪しげな気だるさのただよう路地に踏み入れ、開いていそうな小さな居酒屋を見つけ、塗笠のまま暖簾を分けた。

「あ、旦那。喰い物はまだで、酒だけなら」

「それで十分」

おやじは無愛想だったが、ちょいと腰を下ろすだけならかえってそのほうがいい。塗笠もとらずに済む。酒は湯呑みで出された。聞き込みの第二段階である。

「おやじ、この界隈にお甲という壺振りの姐さんがいるだろう」

一口のどに流してから名を出した。

「えっ」

おやじは一瞬緊張したように、塗笠のなかをのぞき込んだ。

「頼まれてくれぬか。お甲さんに会いたがっている男がいるって、つまり俺だ。芝で小仏の左源太と縁のあった者だと言っておいてくんねえ。三日後にまた来る」

残りの湯呑みを干すと、

「頼んだぜ」

心づけを置き、腰を上げた。

それを三、四軒くり返した。三日後に待つ場所は、

「ほれ、そこの紅屋《べにや》ってえ茶屋にしようか」

おもて通りから三丁目の枝道に入ってすぐ目についた、比較的大きな茶屋を指定した。昼餉《ひるげ》を摂《と》る客が出入りしていた。丁稚を連れた商家の旦那風、女中をともなった

ご新造《しんぞ》風と、客筋はいいようだ。

まだ三年とはいえ、八丁堀の同心である。見知らぬ相手を找《さが》すときの作法は心得ている。直接居所を知ろうとするのは素人だ。相手に選択の機会を与えれば、それだけ警戒心をやわらげることになる。


(色っぽい女壺振り……か)

興味を高めながら、三日が過ぎた。なか一日に雨が降り往還はまだいくらかぬかるんでいたが、ほこりの立たないのがありがたい。

三日前とおなじ出で立ちだった。紅屋に入り、飯台に樽椅子《たるいす》の入れ込みを過ぎ、奥の一部屋をとった。昼めし時分だった。襖《ふすま》一枚で仕切られた隣の部屋がふさがったようだ。人の気配はするが、話し声が聞こえてこない。

(やはり用心してやがるな)

隣の部屋に、そう感じられた。不穏な空気があれば、襖の向こうから刀を抜いて飛び出してくるのだろう。ということは、飲み屋での言伝《ことづて》は間違いなくお甲に伝わり、きょう確実に来る……。

　外では三日前とおなじ、太陽が中天にかかっている。

「こちらでございます」

　仲居の声に、廊下側の襖が開いた。女が一人、両手を板敷きにつき顔を伏せていた。桔梗《ききょう》模様の着物に深緑の帯を締めている。崩れた風情には見えない。

「お甲さんか」

「はい」

「さあ、なかへ入ってもらおう。ちょいと聞かせてもらいたいことがあってな」

「ふふふ、旦那」

　お甲はまだ手をつき、顔を伏せたままである。

「人を呼んでおきながら、不躾《ぶしつけ》なお方でござんすねえ」

「ん？」

「あたしは間違いなく、壺振りの甲でございます。旦那は？」

「おゝ、これは失礼いたした。鬼頭龍之助、小仏の左源太には、芝二丁目の龍《たつ》だ」

「えっ」

　お甲は顔を上げた。

「うっ」

色白のうりざね顔で目鼻がすっきりと通っているのが、まだ昼間ながら妖艶な雰囲気をかもし出している。それに、

(身のこなし)

膝を合わせ、手を廊下についているだけでも分かる。道場の板敷きに正座で対手《あいて》と向かい合ったとき、その力量が感じられるのとおなじである。

(片膝を立てれば手裏剣でも飛んできそうな)

感覚を龍之助は受けた。そのお甲が、

「旦那が芝の龍之助さまでござんしたか。鹿島新當流のお腕前、左源太の兄《あに》さんからよく聞かされておりまする」

言いながら膝を進め、襖を閉め龍之助の前に座をとった。

眼前にあらためてお甲を見つめたが、歳は妹といっても不思議はなさそうだが、およそ左源太の面《つら》ではない。お甲はそれを察したか、

「兄さんとの関係は、いずれゆっくりと」

折った膝に身づくろいをし、

「旦那。あたしも、会いとうござんした」

お甲のほうからも何かを訊きたい風情を示した。伝法な口調が、いっそう色香をかもし出している。

仲居が二人分の膳を運んできて、

「ごゆるりと」

すぐに下がった。部屋にはふたたび龍之助とお甲の二人になった。

「旦那。旦那は……」

視線が龍之助の小銀杏の髷に向けられている。

「気がついておったか。いまはなあ、八丁堀だ」

「えっ」

緊張はお甲だけでなかった。隣の部屋からもかすかな物音とともに、いまにも襖を破って白刃《しらは》が向かってきそうな気配を感じた。そのなかに、龍之助は落ち着いた口調をつくった。

「それは追い追い話そう。それよりも、おまえの聞きたがっていることから話そうか」

「えっ、お分かりで?」

「左源太のことだ。人を刺し、この秋だ、島送りになったぜ」

「ええ！　それなら、一生⁉」

緊張はまたお甲と襖の向こうが同時だった。

「だが、ご赦免の手は打っておいた。早ければ、来年の春になろうか」

「だ、旦那はいったい！」

今年の秋に出て来年の春に赦免など、あり得ないことである。お甲はあらためて龍之助の顔をまじまじと見つめた。

話は進んだ。

左源太は龍之助を恨んでいた。無理もない。だが、

「いつも、兄《あに》さんは旦那の話をしていましてねえ」

だそうだ。

龍之助はお甲に、母方の実家が同心の株を買ったことを話した。珍しいことではない。お甲は納得したようだ。田沼意次との件は伏せた。

「それよりもお甲。おめえ、左源太を〝兄さん〟とは？」

「話しましょうかねえ。こんなこと、この町じゃ話したこともござんせんが」

襖にチラと目をやり、

「だっちもないことでござんすがね」

抑揚に左源太とおなじ訛《なま》りが出た。甲州は小仏宿に近い山村の出で、兄弟が多く生まれたときに間引かれそうになったらしい。それを泣き叫んで救ったのが、

「従兄《いとこ》の左源太兄さんだと聞いております」

しかし、山里では喰うにも難儀し、十二のときに小仏峠で、

「ちょうど通りかかった旅の一座に売られちまいましたのさ」

「それで、峠のお甲か」

「はい。自分でつけた二つ名ですがね」

一座では軽業《かるわざ》を仕込まれ、樵《きこり》の娘だから覚えは早かったらしい。一座を抜けたのは十八のときだという。親方に言い寄られたのがきっかけだった。

「それからのことは聞かないでおくんなさいな。気がつけば、女だてらに壺振りなどをやっておりましたのさ」

壺を自在に振るには、手先が器用なだけでは足りない。全身の柔軟さと集中力が要求される。軽業で身につけた身のこなしが役に立った。隣の部屋から、肯是《こうぜ》するような吐息が洩れていた。

その生活《たつき》のなかに、左源太と再会したらしい。

「驚きましたさ。二人とも生きてはいましたが、似たような渡世でしたからねえ」

話はそこまでだった。

「近いうちに、八丁堀に俺を尋ねて来んか。本来なら、おめえらの稼業が大手を振って歩けるような土地じゃねえが。俺が小銀杏をさらして、この町を歩けねえようになあ。アハハハ」

龍之助はわざと隣へ聞こえるように言った。お甲は頷いた。左源太一人が重罪になったことに、何か背景があるのかを龍之助はお甲に聞きたかったのだが、襖の向こうにその筋の耳ありでは話しにくいこともあろうかと判断したのだ。お甲にしてもお白洲のようすを知りたいところだ。龍之助から聞くまで、左源太が遠島になったことも知らなかったのだ。

紅屋を出るとき、お甲は玄関口まで見送った。その暖簾の奥に、胡散臭《うさんくさ》そうな面が二、三チラついていた。

五

お甲が八丁堀に来たのは、四日ほどを置いてからであった。

「旦那さま、へへへ。婆さんも驚いてましてねえ」

と、奉行所まで呼びにきた茂市は龍之助を門の脇にいざない、いつになくみょうな表情をつくった。それですぐお甲と分かった。一人で来たようだ。茂市の目には、

「町家のご新造のような、それでいてなんとも色っぽい……」

いい女に映ったようだ。なるほどお甲は商家の娘にも武家の女にも見えない。鉄火場の女が八丁堀に同心を尋ねて来るなど、茂市もウメも思わないだろう。

陽は西の空にかたむきかけている。呉服橋御門内の北町奉行所を早々に退出し、

「急げ」

老いた茂市をせき立てるように八丁堀の組屋敷に急いだ。

お甲はウメが座敷に通していた。

龍之助は茂市とウメを部屋から遠ざけたが、二人ともお甲が旦那の〝色〟というような女でなかったことに安堵しているようだ。

「どうやら、隠密の仕事がらみのようだ」

「そのようですね」

茂市とウメは話すと、あとはもう座敷には関心を示さず、夕餉《ゆうげ》の支度が何人分になるか、そのほうを心配しはじめた。

座敷では話が進んでいた。

「旦那。あのときはよく訊かずにおいてくれました」

お甲は言う。隣の部屋は、やはり賭場の男たちで、得体の知れない浪人者がお甲に何を訊きたがっているのか、それともいずれかの貸元《かしもと》の用心棒でお甲を引き抜きに来たのか、そうした警戒のために聞き耳を立てていたらしい。

「まったくこの世界は、だっちもありゃしませんさ」

お甲の口調が、龍之助には懐かしかった。江戸詞《ことば》を使っても、左源太とおなじ抑揚があるのだ。

「あの人、まっこと馬鹿ですよ」

非難の口調ではない。

芝を離れた左源太は赤坂《あかさか》の日枝《ひえ》神社から神田明神、深川の富岡《とみがおか》八幡宮と、寺社門前の町々を転々とし、一カ所に定まった塒《ねぐら》を持たなかったらしい。丁半を打てばけっこういい目を当てていたようだ。そのなかに、音羽町の貸元に請《こ》われ、暫時《ざんじ》お抱えの壺振りになっていたお甲と再会したのだが、

「あたしを詰《なじ》りましてねえ」

お甲が壺振りになっていたことではない。左源太が他人《ひと》のことなど言えた義理ではない。

「いかさまでござんすよ、賽《さい》の。サイコロですよ」

お甲は賽や茣蓙《ござ》にはなんの仕掛けもせず、指先と手首の強弱で思ったとおりの目を出す技量を持っていた。並の壺振りにできる技ではない。修練に加え、素質も必要だった。それに色っぽいとなれば、雇った貸元はもちろん客もたまらないだろう。細工はないのだからいかさまが見抜かれることはない。音羽町の貸元が手放さず、ほかから引き抜きが来ぬかと目を光らせるはずだ。お甲の技量は、目端《めはし》の利く左源太も見抜けなかった。だが、賽の目の出具合が不自然なことに気がついた。

お甲を問いつめ、

「——ま、その腕には頭を下げてやらあ」

左源太はみょうに納得したという。だが、その左源太がどうしても、

「——許せねえ」

ことがあったようだ。

鉛を入れて一定の目しか出ない賽を使ったり、盆の下から針で転がしたりする手を使っている賭場があったのだ。それも一カ所に縄張を持った貸元ではなく、数人の子分を引き連れ各所を転々とまわってもぐりの賭場を開いている。土地の貸元にはまさしく縄張荒らしである。それもここ数年にわたっているらしい。当然、土地の者が現

場を襲って血の雨が降ったこともあったそうな。ところが決まってそのようなとき奉行所の手が入り、引っ括《くく》られるのは土地の者ばかりで、そこから芋づる式にその土地の貸元まで引かれ、潰滅《かいめつ》した一家もあるそうな。それが一度や二度ではなく、ここ数年に何度も場所を替え発生しているという。

「待て。左源太のときと似ているではないか。場所は芝神明宮だ」

「まあ、最後まで聞いておくんなさいよ、旦那」

お甲はつづけた。

「——背後になにやら大きなものが控えているらしい」

と、土地の貸元たちは縄張内《しまうち》にもぐりの賭場が立ってもおいそれと手が出せなくなり、ただ指をくわえ、

「その賭場が仕舞《しま》うのを凝《じ》っと待つばかりとなっておりますのでさあ」

それがここ数年つづき、左源太もそうした賭場《ところ》に何度か足を入れたらしい。いかさまをすぐに見抜いたが、騒げばかえって土地の貸元に、

「——迷惑がかかる」

ことも聞いて知っていた。そっと退散する以外になかった。その鬱憤《うっぷん》もあろうか、

「——そんな無作法な胴元が野放しになってみねえ。町々の堅気の衆は丁半を楽しむ

どころか、危なっかしくって身の危険にさらされらあ。土地のお貸元衆はそれでもいいのかい。まったく、だっちもねー」

　左源太は憤《いきどお》っていたという。

「その得体の知れない一群が、こんどは芝の神明さんの町で開帳してるって聞いたものですからね」

「それを左源太に話したのか」

「まったく、余計なことを言っちまいましたよ」

　お甲は膝の上にのせた両こぶしを、かすかに震わせていた。

「左源太の兄《あに》さんは、芝といやあ龍兄イと俺の縄張だった町だぜ！　そんな土地《ところ》でふてえ野郎たちだ。見過ごすわけにゃいかねえっ……と」

「駈けだして行ったか」

「あい。それっきり、音沙汰なしで……。もちろん、音羽の貸元に頼んで調べてもらいました。分かったことといえば、あの御門前でなにやら小さな騒ぎがあって、すぐに収まってあとはもう何事もないってことだけでござんした」

「その何事もねえってえのが、左源太の島送りだったってわけだなあ」

「そういうことになります。心配していたのです。そこへ旦那が来なすって、島送りだなんて、もうびっくりして。それに、ご赦免の手を打ったなど、二度のびっくりですよ。きょうここに来て、なるほどと思いました。旦那はちゃんとこの同心の組屋敷にいらしたのですから」

「ま、おめえにここへ来てもらったのは、左源太のご赦免を待つよりも、おめえからも何か聞けねえかと思ってな」

「だったら、旦那」

お甲は龍之助を見つめた。明かり取りの縁側の障子が薄暗くなりかけていた。

「旦那さま」

と、そこに影が差し、ウメの声が入ってきた。

「お茶を淹《い》れ替えましょうかね。それに灯りも」

言いながら障子を開けた。火を入れた行灯《あんどん》を提げている。

「あゝ、それにきょうの晩めしは四人分だ」

「えっ、あたしは」

遠慮するお甲に、

「この時刻じゃもう音羽はちと遠すぎる。おめえらが八丁堀に泊まるなんざ、滅多にねえことだぜ。あはは」

「え、音羽からいらしたのでございますか。よかった。そのつもりで四人分、もう茂市が支度にかかっております」

龍之助の伝法な口調にウメが応じ、

「旦那ア」

お甲はあらためて親近感を示す顔になった。だが、ウメが退散するとすぐ真剣な表情に戻り、

「文句を言ってるんじゃございません。遠島になった者をすぐご赦免にするなど、そんな芸当がおできになるんでしたら、なんで遠島になる前に……」

それを言われれば龍之助に言葉の返しようがない。

「まっこと、左源太には悪いことをしてしまった。こっちにも事情があって、などと言ってもいまさら詮無《せんな》いことだ。ともかく、おまえの話でなにやら道筋が見えてきたような気がする。だが、分からぬことが多い。どうやらおめえとはこれからも長《なげ》え付き合いをしなきゃならんようだ。よろしく頼むぜ」

「あ、あい。あたしのほうこそ、旦那」

部屋の明かりは、もう行灯の火ばかりとなっていた。

お甲が八丁堀の組屋敷を出たのは、翌朝早くであった。街道まで見送った茂市が戻ってきて、

「きのうも周囲を見てまわりましたが、胡乱《うろん》な者はおりませなんだ。きょうもお甲さんお一人で、待ち受けていたような者は見当たりませんでした」

報告した。お甲は単独の行動をとるため、一晩音羽三丁目を留守にする調整に四日もかかったようだ。

それを確認すると、

「あの女。その道じゃ相当売れているようだなあ」

呟き、呉服橋御門内の北町奉行所へ出仕した。

六

鬼頭龍之助の探索は始まった。

最初は奉行所のなかでの聞き込みである。例繰方《れいくりかた》に頼んで御留書《おとめがき》の書庫にも足を入れ、みずからの目で過去の事例を幾日もかけ調べた。

あった。お甲の言ったとおりの事例だった。この二年間あまりに十数件、現場は江

戸市中全域にまたがっていた。

いずれかで賭場が開帳されるとの噂を、奉行所の同心が聞き、張り込みをする。土地の与太が賭場荒らしを仕掛け騒ぎが起こる。同心が奉行所の捕方《とりかた》を差配し踏み込む。なぜか捕縛するのは賭場荒らしを仕掛けた地元のヤクザばかりで、もぐりの賭場を開帳した胴元の側がお縄になり白洲へ引き出された事例は一件もなかった。さらに捕縛した与太を痛めつけ、普段は足を入れない門前町に踏み込み、土地で〝親分〟といわれている男をしょっぴき一家を潰滅させた事例も数件あった。

早い話が、賭場を開帳していた男たちはいずれも、

――取り逃がし
であり、しかも開帳した胴元側は、

――正体知れず、夜にて面相は見えず、人相書きの作成は不能
と、判で押したようにおなじであった。

疑念は湧く。左源太は賭場とは関係なく刺した事実関係のみで、まるで急ぐように島送りになっている。〝無宿人・左源太〟なる男の件の留書に、〝賭博〟の文字が出てこない。

年季の入っている幾人かの先輩同心に訊いてみた。

「あゝ。ありゃあ隠密廻りのやってることだ。俺たち定町廻りの知らぬ間に手配し、ご苦労さんなことだ」

「もっとも、俺たち定町の者が手を焼いている地域だ。そこへ入って頭《あたま》を取ってくるのだから、大したもの……とでも言っておこうか」

曖昧《あいまい》な返答しか得られなかった。

龍之助の直属の与力からは、

「おまえ、落着している件を嗅《か》ぎまわっているようだが、いかなる了見《りようけん》だ。嗅いでいる件を担当した方面から言われたぞ。おまえの配下には、暇なやつがいるものだなあってな」

などと皮肉を言われもした。

年が明けてからだった。奉行所の廊下で、隠密同心を束《たば》ねている与力とすれ違った。左源太の一件を吟味し、白洲で遠島を沙汰したあの与力、田嶋重次郎《たじまじゆうじろう》である。

「待て。そのほう、新参の鬼頭龍之助であったな」

「い、いえ。もう三年になりますが」

「馬鹿め。三年など、まだ入り口だ」

「はっ。さようにも心得、日々精進《しようじん》いたしております」

陰気だが、切れ者として通っている与力である。二人は廊下に立ちどまり、向かい合っている。龍之助は内心の不快感を懸命に抑えた。

「おまえ、隠密が扱った件をいろいろと調べておるそうだのう。何か腑に落ちぬことでもあるのかな」

「いえ。調べるなど、滅相《めっそう》もありませぬ。ただ、向後の参考になればと存じまして、それだけにございます」

龍之助は両手を膝にあて腰を折った。

「さようか。感心と申しておこうか。なれど、同心たるもの、役務はみずからの足で覚えるものと心得よ」

「ははっ」

田嶋重次郎は、辞を低くし返答する龍之助を睨みつけ、行きかけた足をとめ振り返った。

「そのほう、町家の出で、以前は無頼をしておったそうだのう」

「いえ、鹿島新當流の道場にて」

「ふん」

故意に無視するように、田嶋は廊下に歩を進めた。両手を膝に当てたまま龍之助は

その背を見送り、

（臭うぞ）

感じた。与力が直属ではない同心と廊下で立ち話をするなど、よほどの顔見知りでない限り考えられない。しかも、役務について訓示めいたことを垂《た》れるなど、あり得ないことである。龍之助が田嶋に面識を得たのは、あの日の白洲が初めてであった。それも玉砂利と裁許座敷とあっては、田嶋が鬼頭龍之助なる同心の顔を覚えているかどうかも分からない。だが、田嶋のほうから声をかけてきた。

（調べられるのを、気にしている）

顔を上げると、田嶋重次郎の背はもう見えなかった。龍之助は腰を伸ばし、

「よし」

低く吐いた。

もちろんこの日以来、奉行所で田嶋重次郎と隠密同心たちの動きへ注意を払うとともに、積極的に訊かずとも秘かに聞き耳を立てるようになった。

天気のよい日中などには、まだ浅いが春を感じはじめたころである。奉行所から八丁堀の組屋敷に戻った龍之助は、冠木門《かぶきもん》をくぐるなり、

「ほっ」

　華やいだ雰囲気を感じた。玄関に入るよりも先に下男の茂市が台所口から走り出てきて、

「旦那さまア。今宵も夕餉の膳、四人分用意しておきますするよ」

と。お甲が来ていたのだ。茂市が奉行所まで伝えに来なかったことをみると、端《は》から一晩泊まる算段で来て、茂市にもそう言ったのであろう。まだ陽はあったが、この日は最初から夕餉の膳をはさんでの話しとなった。

「どうした。いままで音沙汰のなかったのは、音羽で冬眠でもしておったか」

「いやですよ、旦那。カエルじゃあるまいし」

　なごやかな雰囲気だった。

　だがお甲が、

「数日前ですがね、音羽の貸元衆の集まりが地元であり、あたしもご相伴《しょうばん》に与《あず》かりましてね。そこで、あの得体の知れない胴元の話が出たんですよ。もっとも、それへの処方が、集まりの目的だったんですがね」

　用件に入ると、差し向かいの膳で二人は真剣な表情になった。

「どうやら、あの闇の胴元っていうの、奉行所のお役人が背後についているらしいん

ですのさ」

「隠密同心か」

「そう、それですよ。いつも音羽の近くまで来る定廻りじゃないって」

奉行所内で龍之助も、隠密同心たちが賭博の検挙にずいぶん熱心に動いているのを感じとっていた。だが、

（どのように）

それが分からない。ただ、定町廻りが入りにくい寺社門前にも踏み込んで実績を上げていることは確かなのだ。

当然ながらどこでも寺社門前でとぐろを巻いている連中は、定町廻りの顔を知っている。龍之助が担当している四ツ谷界隈で大きな寺社門前といえば市ケ谷八幡宮があるが、その一帯に巣喰っている与太どもの顔なら一応は見知っており、立ち話をすることもある。

その隠密同心が奉行所の手を引き連れ、あちこちの門前に踏み込むのは、

「決まってもぐりの賭場が開かれ、土地の者と諍《いさか》いを起こしたときなんですよ」

「で、そのもぐりのほうからは一人も挙げられない、と」

「えゝ、だから音羽の貸元衆は……」

「だっちもねー、か」

龍之助は左源太の口まねをした。

「まあ、旦那ったら」

お甲は口に手をあて、すぐ真剣な顔に戻り、

「いえね、その闇の胴元とは、奉行所の者じゃないかって」

「なんだって！」

「そこで貸元衆は、このあとまたもぐりが音羽で開帳すれば……」

以前に音羽でも一騒動があったようだ。それに、あちこちの同業にもあたって似たような噂を集めているようだ。龍之助はつぎの言葉を待った。お甲は話した。たとえまだ推測の段階であっても、お甲がわざわざ知らせに来る価値のある内容だった。お甲はさらに語った。

「力ずくでは潰さず、人を出して堅気のみなさんをそこへ近づけないように、穏やかに時が過ぎるのを待とう、と」

「斬った張ったの連中が、またしおらしいことを」

「それこそ、だっちもござんせんよ。下手に騒ぎゃ勝ち目はないのですから」

「その奉行所の者とは、いったいどの野郎……」

「それが分からないから、どこの貸元さんたちも困ってるんですよ。ねえ、この話、左源の兄さんのときと、何か関係がありませんかねえ」

「おそらく、大ありだぜ。お甲」

龍之助は返した。

「旦那さま。お甲さんの寝床、この前の部屋でよござんしょうか」

襖《ふすま》の向こうからウメの皺《しわ》枯《が》れ声がした。

「おう、そうしてくれ」

龍之助がいつも寝ている隣の部屋である。

龍之助はその夜、なかなか寝付けなかった。


春の雨が降り、二、三日を経て地面も乾いた日であった。

八丁堀を出た龍之助の足は蠣殻町に向かっていた。着流しに羽織をつけ、小銀杏の髷に足元には雪駄の音を立て、どこから見ても八丁堀の同心である。

八丁堀が日本橋界隈で堀割の南側なら、蠣殻町はその北側で海辺に近く、ふらりと歩いて行ける範囲である。一帯には大名家の下屋敷や高禄旗本の白壁がつづき、日中でも人通りは使いに出た中間か供をつれた用人くらいで、耳を澄ませば波の音も聞こえてくる。

同心が役務で町に出るときは下男か奉行所の小者を従えているが、きょうの龍之助に付き人はいない。行く先が相良藩下屋敷、田沼意次のくつろぎの場とあっては、当然私用である。

（こうも近くにいながら）

三年ぶりである。きょう意次が下屋敷にいることは、事前に留守居と連絡をとり、確認している。意次も待っていることであろう。

裏門に訪《おとな》いを入れると、すぐ奥の裏庭に通された。三年前の対面のときと、おなじ場所である。違っているのといえば、

「ほう、似合《にお》うておるのう。さあ、これへ」

と、意次が自分の座っている縁側を手で示したことであった。留守居も気を利かせたか、庭に控えず退散したようだ。龍之助にすれば、実の父とはいえ遠慮があるのか敷石には上がったものの、そこで片膝をつき縁側の意次を見上げる形をとった。

二度目の対面は短かった。

龍之助は言えなかった。奉行所の与力までからんでいそうな事件に、

（単独で立ち向かう）

決意がすでにある。

『お力添えを……』

下屋敷の裏門の耳門《くぐりもん》が開く音を聞いた瞬間、その言葉を意次に言うのは、

(これは！　甘えではないか)

思いが込み上げてきたのだ。

「近くに出仕しながら……きょうは、ご機嫌伺いにござりますれば」

龍之助の口は動いた。

意次は頷いた。

(なにやら頼みがあって来たような)

察していた。だが、切り出さない。

(それでよい。それでよいのだぞ、龍之助)

意次は優しげな目で龍之助を見つめていた。

辞するため、すり足で庭へ数歩退《さが》り軽く辞儀をした龍之助に、

「のう、龍之助。人の世とは、みずから道を拓く者にこそ、助けの手は差し伸べられようぞ」

意次は言った。

「はっ」

返した龍之助は、顔を上げられなかった。ただ、縁側からの意次の視線を感じていた。

「よし」

ふたたび響く耳門の音に龍之助が気合を入れたのは、やはり老中の〝父上〟に頼むより、なんとか自分の手でとの思いからであった。

六

春である。

奉行所では、毎年春と秋に流人船の出るのが話題になる。船は帰りには赦免船となるのだ。

「幾人？　名は？」

龍之助は与力や例繰方、船番所に訊いてまわった。

五人ほどの名があった。そのなかに、

――甲州無宿　左源太

あった。例繰方のなかにはその名を覚えていて、首をかしげる者もいた。出たのは去年の秋である。それが今年の春、半年でご赦免になって帰ってくる。あり得ないことだ。それが……あった。

（ちち、うえ）

龍之助は思わず胸中に手を合わせた。

茂市が音羽町に走った。

お甲はすぐに来た。

「ホント！　本当ですか！」

船が鉄砲洲に入るまで数日あった。お甲は八丁堀に泊まりつづけた。

「旦那ア。できるんですねえ、そんなことが」

お甲は驚嘆の表情をつくっていたが、龍之助は何も語らなかった。それがかえって、お甲には頼もしく思えたようだ。

鉄砲洲の桟橋に赦免を受けた囚人たちが降りてくる。縄で仕切られた、出迎えの親類縁者の群れから名を呼ぶ声が沸き起こる。囚人たちは狂喜する。そのなかに一人、悠然と歩いている男がいた。無宿とあっては、出迎えの者はいない。船は途中に無人島で温泉が湧く式根島《しきねじま》に寄り、赦免の囚人たちは無精髭を剃っている。

なり、
周囲の声のなかに左源太は自分の名を聞いたか、怪訝《けげん》そうにそのほうへ顔を向ける
「えっ？」

「左源太！　左源太！」

「兄イ！　龍の兄イ！　えっ？　お甲、お甲じゃねえか」

身のまわりの風呂敷包みを小脇に駈け寄った。

「来てくれたんですかい。来てくれたんですかい、兄イ！　お甲も！　どうして!?」

「はい、兄《あに》さん。何もかもこの旦那に聞いたのさ」

「そ、そうかい。兄イ、やっぱ、お甲に会ってくれてたんですね！」

初めて左源太の目に涙があふれた。

その夜、左源太は龍之助の組屋敷に泊まった。お甲も一緒である。左源太の島送りは奉行所の仮牢に入ってからすぐのことだったから、奉行所内で顔を覚えている者がおらず、それがかえって好都合だった。

急に賑やかになった組屋敷で茂市もウメも戸惑いながらも三人の膳をこしらえた。

「さあ、左源の兄さん。何杯でも」

壺振りのお甲がきょうは飯盛り役だ。

「ほう、ほうほう」

　と、膳の進むなかに、

「左源太、おめえ」

「兄さん」

　龍之助とお甲は同時に気づき、声をつまらせた。左腕に、幅三分（一センチ弱）ほどの黒い二筋の線が輪のように入っている。入墨刑《いれずみけい》である。

「あ、これですかい。奉行所の牢じゃ船に間に合わないってんで、島に着いてから入れられやしてね」

　左源太はつとめて軽く言った。火消しや遊び人が入れている装飾性のものなら、彫師は人体が痛まないように細い針を使うが、刑罰には遠慮なく太い針を刺し込む。刺し終わると彫師は指に墨をつけ、針跡に強く塗りながら擦《す》り込む。激痛である。さらに水で洗い流し、薄い部分にはふたたび針を入れ、また擦り込む。それが終われば紙を巻いて三、四日、墨が乾くまで溜《たまり》に置かれる。溜とは牢で重病になった者を入れる療養部屋だが、左源太にはその時間もなく船に乗せられたのだ。

「島でござんしたからね、助かりましたさ」

　などと左源太は言う。なるほど島にはまともな彫師はいなかったのか、墨もところどころ途切れ、色も濃くはなかった。だが、一目で島帰りと分かる。

着物の袖で、左源太はそっと隠した。

（すまねえ）

半年で赦免になったことを喜ぶよりも、左源太の腕に一生消えない墨を入れさせてしまったことに、龍之助の脳裡には贖罪《しょくざい》の意識があらためて込み上げ、際限もなく広がった。

「へへ、龍兄イ。久しぶりのこのあったけえめし、たまんねえですぜ」

「おぼろげながらなあ、見えてきたんだぜ」

話をそらそうとする左源太に龍之助はかぶせた。

「何がですかい」

「賭場のからくりさ」

左源太が箸を持つ手をとめたのへ、お甲が無言で頷きを入れた。

部屋は急に静かになった。

話の進むなかに、

「左源太。悔しいだろう」

「へえ」

「討ってやるぜ、島送りの敵《かたき》をなあ。だからおめえ。これからは俺のそばを離れるんじゃねえ。いや、俺に言えた言葉じゃねえな。ともかく、これからずーっとだ」

「兄イ」

「あらあら。あたしを忘れてもらっちゃこまりますよ」

お甲が左源太の椀に三杯目の味噌汁をそそいだ。

ようやく外に宵闇が降りかけていた。天明六年（一七八六）の、春の一日だった。

（暴《あば》いてやるぞ、からくりをなあ）

イザとなれば、抜くべき〝伝家の宝刀〟を、龍之助は持っているのだ。

二　決めた道

一

「旦那さま。わしは旦那さまがますます分からなくなりましたじゃ」

濃い茶色の盲縞《めくらじま》を着流し御免に、黒の羽織を着込んだ鬼頭龍之助へ、一歩遅れて股引《ももひき》に着物は尻端折《しりはしより》で挟箱《はさみばこ》を担いだ茂市が従っている。髷も小粋な小銀杏《こいちょう》となれば、いかにも供を連れた八丁堀の市中見廻りといった風情だ。龍之助は足元の雪駄《せった》に地面を引く小気味のいい音を立て、往来の町衆は脇へ道を開けている。二人の足は八丁堀から東海道に出た。午《ひる》にはまだ間のある時分だ。

「ほう、どうしてだい」

「へえ。八丁堀にはかれこれ二十年になりやすが、旦那さまのように気さくで、得体の知れない姐《ねえ》さんが訪ねてきたり、島帰りを組屋敷に泊めたり、こんなこと初めてでございますよ。ウメも……」

「なんか言ってたかい」

龍之助は老僕の茂市とウメ夫婦を、八丁堀暮らしの指南役と見なして重視し、その思いは三年経ったいまも変わらない。

「お甲さんと申されましたか、きれいなお顔になにやらいわくありげな……と。島から帰りなすった左源太さんも、ずいぶん伝法なお人ですが、悪事を働くような人には……」

「見えねえと言っていたろう」

「へえ。だから旦那さまが、ますます分かりません。きょうもご担当の四ツ谷ではなく、場違いの神明宮の御門前へなど……まるで殴り込みをかけるような」

「あははは、殴り込みか。さすが八丁堀の舞台裏を知り尽くしているだけあって、目は確かなようだな」

「えっ、じゃあやっぱり旦那さま！」

茂市は挟箱を担いだまま、驚愕したように足をとめた。

お甲は左源太が島から戻った翌日には、

「――音羽の頼まれ仕事、あまり留守にもできませんので」

と、八丁堀をあとにした。おもてに出る冠木門のところで、

「――きっとでござんすよ、旦那。左源の兄《あに》さんも、あたしを蚊帳《かや》の外にしたんじゃ恨みますからねえ」

念を押すように言っていた。龍之助は大きく頷《うなず》いて見せたものである。奉行所の誰かと結託した闇の博徒を討つには、女壺振りのお甲ほど得がたい人材は、（ない）

龍之助は胸に深く刻み込んでいる。

左源太はその後三日ほど龍之助の組屋敷に過ごした。庭の掃き掃除をしていた左源太に、

「――あんれ鬼頭さまの屋敷《ところ》、若い中間《ちゅうげん》さんを入れなすったかね。それとも岡っ引さんかね」

隣家の下僕が通りすがりに声をかけてきたことがあった。

「――へへ、どっちに見えますかい。ま、龍兄イ、じゃねえ、龍旦那の手下《てか》には違いありやせんがね」

左源太は手をとめ、応《こた》えていた。

四日目だった。

「――へへ。兄イ、じゃねえ、龍旦那。どうも上げ膳据え膳の毎日じゃ体がなまっちまいまさあ。茂市さんとウメさんにも申しわけありやせんからねえ」

と、風呂敷包みを小脇に冠木門を出た。左源太ならその日からどこでも喰っていける。だが、居場所は茂市に連絡していた。

それから十日ばかりを経ている。いま街道に小気味のいい雪駄の音を立てているのは、そのお甲と左源太に会うためである。その場所が、茂市の心配した芝の神明宮なのだ。用件はすでに茂市が遣《つか》いに走り、二人に告げている。だからなおさら、同心の役務を知り尽くしている茂市には、〝殴り込みをかける〟ように思えてならないのである。

「どうした、神明宮はすぐそこだぞ」

足をとめた茂市に龍之助は声をかけた。

「へ、へえ」

茂市はふたたび歩きだした。神明宮は増上寺の東に隣接し、お宮の裏手を流れる細い堀割を隔てて寺の僧坊の壁と背中合わせになっている。八丁堀からだと東海道に出てから南に歩を取り、江戸城外濠《そとぼり》の溜池《ためいけ》から流れる堀割にかかる新橋を渡り、さらに南へ進めば街道両脇の町名は神明町となり、つぎが浜松町となる。その神明町と浜松町の境となる枝道を西に入れば、町家の雑踏の二丁（およそ二百米《メートル》）ほど先に神明宮の鳥居《とりい》と、境内へ上がる高い石段が見える。

浜松町を過ぎれば街道は古川にかかる金杉橋《かなすぎばし》を南に越え、金杉通りと名を変えた東海道を五丁（およそ五百米）も進めば町名は芝二丁目となり、つぎの芝二丁目に、龍之助は母の多岐と暮らし、芝四丁目の室井道場に通っていたのだ。いわば、街道筋の浜松町も神明町も、龍之助が無頼の日々を送っていたころの縄張だった。

足はすでに新橋の橋板に音を立て、神明町に入っている。目の前の枝道を右手の西へ曲がれば、もう神明宮の鳥居が見える。

その角を曲がろうとしたとき、

「旦那さま。本当に、いいのですか？」

茂市がまた足をとめた。きょう神明宮に左源太とお甲を呼んだのは、左源太の定まった塒《ねぐら》を神明町に世話し、おもて向きの仕事も段取りをつけたからであった。わざわざお甲まで呼んだのは、

「――ふふふ。神明町へのな、顔見世さ」

龍之助は茂市に言ったものである。だからそれが、神明町への〝殴り込み〟になる

のだ。

神明町は文字どおり、神明宮の門前町である。町の治安を維持しているのは、護国寺門前の音羽町と同様、奉行所ではない。奉行所の管轄である自身番はある。だが、自身番を維持している町内の大店《おおだな》のあるじや地主たちは、いずれも闇組織と連繋の必要なことを心得ているか、あるいはその息のかかった面々であり、おもて向きは奉行所の差配を受けても、実質は闇組織の統制の下にある。花街があって常に芝居小屋や見世物小屋がかかっている遊興の街ではかえってそのほうが都合よく、堅気《かたぎ》の町衆もお上《かみ》の威光に萎縮することなく遊べるのだ。

そこへ、昼日中《ひなか》から定町廻りでもないのに一見奉行所の同心と分かる出で立ちで供を連れて乗り込み、しかも若い男をそこに住まわせようというのである。当然周囲はその若い者を、

「同心の息のかかった男」

と、見るはずだ。つまり、闇組織の息がかかっていない同心の手足、

――岡っ引

である。

「なんだね、さっきからそのへっぴり腰は」

龍之助はまた茂市を振り返り、笑いながら叱咤《しった》の口調をつくり、

「行くぞ」

意気揚々と神明町への角を曲がった。さらに視線の先に神明宮の鳥居を収め、足元に雪駄の音を立て土ぼこりを舞わせながら堂々と進んだ。

街道筋から神明町の枝道に入れば、町の様相は往来人に混じって荷車や荷馬、町駕籠の行き交う街道の喧騒が一変し、おなじ賑わいでも参詣客を呼び込む茶店の女たちの黄色い声が耳に飛び込み、さらに路地へ入れば脂粉のただよう岡場所などが点在するところとなる。全体が護国寺の音羽町を凝縮したような風情だ。おもて通りを着飾った男女の雑踏するなかに、八丁堀となればやはり人々は左右に道を開ける。

「旦那さまア」

その華やかだが街に溶け込めない姿のまま、茂市がいっそう困惑した声をつくり、龍之助へ身を寄せるように一歩、幅をせばめた。

「ふふふ、さすが小ぢんまりした神明さんの御門前だ。音羽町より反応は早いな」

「そんなこと言って、旦那さま」

「黙って歩け」

龍之助はまた茂市を叱咤した。茂市は一文字笠を頭に載せているが、龍之助はこれ

見よがしに面体《めんてい》を周囲にさらしている。土地の与太であろう、龍之助と茂市の主従にぴたりとついた者がいる。着流しの裾《すそ》を軽くちょいと手でつまんで歩を踏んでいるところなど、明らかに遊び人の仕草だ。見え隠れしながら尾《つ》けているのではない。その者にすれば縄張内《しまうち》との気強さといまいましさがあるのだろう。

(なんだって八丁堀が堂々と歩いてやがる)

その思いをわざと見せつけるような尾行なのだ。

「旦那さまア」

茂市がうしろを振り返り、また言った。一歩一歩に神明宮の鳥居が近づき、石段の数も数えられるほどになった。

石段下の広場の両脇に見世物小屋や簀張《よしずば》りの茶店がならんでいる。そこを過ぎ鳥居をくぐると、すぐ境内への横幅の広い石段が眼前に迫る。石段にも人の絶えることはなく、上りきるとさほど広くない境内があり、正面が拝殿で両脇に〝御門前氏子中〟の幟《のぼり》を立てた常店《じょうみせ》の薬屋や茶店がならび、なかに神明宮直営で生姜《しょうが》や千木筥《ちぎばこ》を売っている店もある。

かつて芝のあたりが生姜の産地で、「本朝医方伝」に〝生姜は穢悪《えあく》を去り、神明に通ず〟とあることから、神明宮がお供え物として売り出したのだが、夏場には生姜市が立つほど評判になり、体のなかからの厄除けとしてわざわざ遠くから買いにくる参詣客もいるほどである。

　千木筥とは割籠《わりご》のことで、割籠といえば弁当箱で藤蔓《ふじつる》で編んだものが一般的だが、神明宮のものは檜《ひのき》の薄板を小判型に張り合わせており、そこに色とりどりの飴や砂糖漬けの生姜を入れて売っている。神明宮の参詣客の多くはこれを買い求める。千木は千着に通じ、筥《はこ》を簞笥《たんす》のなかに入れておくと衣料が増え、さらにそのなかに入れた豆を食べるとなぜか雷除けになると伝えられている。

　生姜と千木筥のおかげであろう、境内には縁日でも祭りでもない日も参詣人の絶えることはなく、祭りともなれば狭い境内は立錐《りっすい》の余地もないほど人があふれる。それらの賑わいがまた、土地の闇組織の勢いともなっている。

　その威勢を背負った男を付け馬に、龍之助は茂市を従え石段を上り、境内の一角にある茶店に入った。

　左源太とお甲はすでに来ていた。いい女が境内の縁台に腰かけていても、左源太が一緒では横目で興味ありげにチラと見るだけで声をかける者はいない。

「あっ」

　と、二人とも参詣客のなかに龍之助を見つけるなり腰を上げて走り寄り、

「嬉しいですよう、旦那」

お甲は自分にもお呼びのかかったことに満面笑みをたたえている。だが左源太は解《げ》せぬ顔つきで、

「どういうことですかい、あっしに部屋を見つけてくだすったなどと。それも、いわくあるこの町で？」

左源太はこの神明町で縄目をかけられ、島送りとなったのだ。験《げん》のいい土地とはいえない。

「だからだよう、左源太。おまえはこの町で、俺の岡っ引をやるのだ」

「えぇえ！　あっしがこの神明町で龍兄イの岡っ引？」

左源太は驚き、

「えっ」

お甲も声を上げた。

それらは確実に、すぐそばまで寄っていた付け馬にも聞こえたはずである。岡っ引と聞いて緊張したのか、ジロリと左源太に視線を向けた。

定町廻りも隠密同心も、岡っ引の一人や二人は抱えているが、それは六尺棒や御用提燈を持った捕方と違い、奉行所の正規の要員ではない。裏の社会には裏の人間にし

か分からないことが多く、町で悪事を働き、比較的微罪で同心の目に適《かな》った者を解き放ち、

——この者、当方の存じよりにつき……

と認《したた》めた手札《てふだ》を渡して市中での耳役にしたのが岡っ引である。まとまった給金などなく、同心がときおり小遣いを与えるだけの私的な雇い人であり、岡っ引が十手、捕縄を持っているはずがなく、逮捕権などももちろんない。だが市井《しせい》にあっては同心の手札がものを言い、それがけっこう収入になり、羽振りのいい岡っ引になれば町々の町役《ちょうやく》からも重宝《ちょうほう》がられ、子分の下っ引を何人も抱えて〝親分〟などと呼ばれたりもしている。

しかし、門前町のような特殊な土地になれば、同心の手先である岡っ引は微妙な立場となる。いずれかの門前町へ筋を通さずに探索の手を入れ、行方不明になった例も少なくはない。

（この町に岡っ引？）

参詣人に混じり、首をかしげた男の表情は語っていた。男の名は伊三次《いさんじ》といった。目が細くなかなかの切れ者のように見える。神明町の裏を取り仕切る貸元が大松《だいまつ》の弥《や》五郎《ごろう》といって四十がらみの男で、伊三次がその右腕であることは、龍之助は調べ尽く

している。

「さあ、行くぞ」

龍之助はすぐそばで伊三次が耳をかたむけているのを確認すると、茶店に入ることもなく左源太とお甲をうながし、いま上ったばかりの石段を下りはじめた。

二

「裏店《うらだな》の一部屋で一軒家とはいかねえが、男やもめが当面落ち着くには十分だろ」

「へえ」

左源太はまだ解せぬ顔つきのまま、龍之助につづいて神明町の通りから脇道へ曲がった。左源太もお甲も、付け馬のついていることは、階段を下りるときに気づいた。それも鳥居を背に神明町の枝道を歩いているときには、一人増えていた。龍之助がいかにも八丁堀と分かる出で立ちで神明町の通りをながしたのは、大松の弥五郎の手の者を釣り上げるためだった。奉行所の同心が堂々と町に入ってきたことは、もう弥五郎の耳にも入っているはずである。

（旦那はいったい何を考えてなさる）

左源太とお甲は顔を見合わせたものである。だがこの二人に臆した色はない。オドオドしているのは挟箱を担いだ茂市だけだ。

「ここだ」

龍之助が指し示したのは、街道からなら神明町の通りに入り、最初の脇道を曲がり繁華なおもて通りの名残《なご》りが消えたあたりに口を開けている路地であった。

「あら、女の匂い」

さすがはお甲か、勘働きが早い。長屋の路地にしては小奇麗で、一番手前の部屋の腰高障子には破れもなく、三味線の絵が描かれている。年増の小唄の女師匠が住んでいるらしい。そのほかの住人も、

「大家に聞いたが、占い師に付木《つけぎ》売り、糸組師に際物《きわもの》師、古物買いと、まるで男も女もお江戸の吹き溜まりみてえなところだ」

龍之助は言い、

「左源太よ。おめえの仕事は居職《いじょく》で千木筥の薄板削りってえ触れ込みだ」

「えぇっ。それをここでやりながら兄イの岡っ引ですかい」

左源太は不満げに言うが、元は猟師で樵《きこり》もやっており、手先はきわめて器用だ。道具と材料さえ持ち込めばその日のうちにコツは覚え、問屋に製品を納めることができ

るだろう。島では手先の器用さから大工で通し、まわりからも重宝がられながら喰いつないでいたのだ。

　長屋は九尺二間の造りで、玄関の腰高障子を開けると狭い三和土《たたき》とすり切れ畳の部屋に小さな流しがあるだけだった。左源太の部屋は中ほどで、そこだけ腰高障子の障子紙が張り替えられたのか白く真新しい。

　左源太は町家ならどこを歩いても似合っているが、お甲も裏店の路地に立てば一見掃き溜めの鶴のように見えるものの、違和感はない。やはりどこにでも溶け込めそうな雰囲気を持っているのだ。

　まだ午前《ひるまえ》である。家財道具の何もない部屋に入り、

「ふふふ。千木筥の薄板削りなんていかにもこの町らしくって左源の兄《あに》さんにはお似合いだけど、腕に黒い線を入れた岡っ引てのもこの町にピッタリですねえ」

「てやんでえ。俺ア、こいつを男の飾りにしてやるぜ」

　話しながら左源太は腕をめくった。濃くはないが、島帰りの入墨がはっきりと見える。三人は鼎座《ていざ》になっている。

「もう、そのようなことを」

　三和土に控えている茂市があきれたように言う。八丁堀とはいえ旗本である。町家

の長屋であっても下僕があるじとおなじ座に上がることは許されない。

「おっと、お甲。左源太だけじゃねえぜ。おめえも俺の岡っ引のつもりでいてくれ」

「えっ、あたしも」

「あははは、ほれ見ろ。女壺振りの岡っ引ってのも、おめえらしいぜ」

　言っているところへ、

「おう、さっそく来なすったようだ」

　龍之助は腰高障子に視線を投げた。締め切った障子戸に、人の影が差したのだ。雰囲気から、長屋の住人が物見《ものみ》に来たのでないことは分かる。男の影が二つ、なかを窺《うかが》うように立っている。

「入りねえ。おめえたちゃあ、さっきから俺を尾《つ》けてたなあ」

　二つの影はなかから声をかけられ、ビクリとした動きを見せ、

「なんでえ、八丁堀の旦那。お気づきだったのですかい」

　戸が開いた。三和土に控えていた茂市は腰を上げ、心配が極に達したような顔つきで一歩あとずさりした。

　龍之助はさらに浴びせた。

「おめえだな。大松の弥五郎とかぬかす、枯れ松みてえな貸元の三下《さんした》で、伊三次とか

いったなあ、そのケチな面《つら》は」

「なに！」

伊三次は身構えた。もう一人の若い着流しは突然の言葉に戸惑ったか、一歩下がった。あまりにも挑発的な言いように、左源太もお甲もあっけにとられている。龍之助はつづけた。

「おう伊三次、枯れ松の弥五郎に言っときな。八丁堀の同心を迎《むか》えるのに当人が来ねえで、てめえらのような三下をよこすたあどういう料簡《りようけん》だってな。といってもここで挨拶を受けるのは具合が悪い。もうすぐ昼時だ。場所は任すから、用意ができたら知らせに来な。俺の名は定町廻りの鬼頭龍之助だ。覚えておけ」

「むむむむっ」

伊三次は龍之助から不意に名を言われたときから貫禄負けしている。それに饗応まで要求されたのだ。

「ど、どうなっても知らねえからなあ」

伊三次はほかの一人をうながし、

「どけどけい」

ただならぬやりとりに、居合わせた長屋の住人が路地に出てきていた。

部屋のなかでは、

「ほれ左源太、いい機会だ。長屋のみなさんに挨拶しておきねえ」

「さようで」

左源太は三和土に下り、

「へへへ」

愛想笑いをつくった。腰高障子には、着物をキチリと着こなした女に、婆さんとまではいかないが若くもない女、それに総髪で一見易者と分かる年寄りじみた顔がのぞいていた。女二人は小唄の師匠と、部屋で居職の糸組師であろう。あとは出商《であきな》いに出ているようだ。いずれもそれぞれ事情はあろうが独り者のように見える。

三和土に立った左源太は、

「ちょうっとばかしわけありで、八丁堀の旦那にここを世話していただきやしてね。仕事は、その……」

「千木筥の薄板削りでしょ」

口ごもったところへ背後からお甲が助け舟を入れた。そのお甲の存在が気になったのか、小唄の師匠がなにやら問いを入れようとしたのへ、

「そういうことだ。おめえら、よろしく頼むぜ」

龍之助が話を打ち切るようにかぶせ、

「さあ、左源太。つぎは大家への挨拶だ」

「へえ、まあ、そういうことでして」

左源太は玄関前の三人にぴょこりと頭を下げた。住人たちは応じ、八丁堀が付き添ってきたのはともかく、左源太の愛想のよさと若さに好感を持ったようだ。

伊三次が引き返してきたのは、大家への挨拶を済ませてからすぐだった。まだふてくされた表情を元に戻していない。

「準備ができやした。弥五郎がお待ちしているってえことで」

ちょうど昼時分になっていた。大松の弥五郎から何か言われたか、不機嫌ながらも辞を低くしている。

「おう」

龍之助は横柄《おうへい》に応じた。弥五郎の出方を見ようとしているのだ。伊三次の案内に、左源太もお甲もあとにつづき、茂市は挟箱を担いだまま従った。さきほどの神明町のおもて通りを、闇組織の男に案内されて同心が歩き、そこに挟箱を担いだ下僕が従っている。異様な光景だ。しかも昼日中《ひなか》、得体の知れない若い男と色っぽい女が一緒とあってはさらに人目を引く。町の者は同心の存在だけでなく、伊三次の顔も知っているのか左右に道を開けていた。

三

「こちらでござんす」

伊三次が振り返り手で示したのは、神明宮の石段に近い、おもて通りに暖簾を掲げた割烹《かっぽう》だった。薄い青地に〝紅亭　氏子中〟と赤い文字を染めた幟を立てている。立地からも神明町では格式の高そうな料亭だ。このことからも、大松の弥五郎が鬼頭龍之助という見慣れぬ同心に重きを置いたことが覗《うかが》える。というよりも、型破りな登場に興味を持ったのかもしれない。音羽町で龍之助がお甲と初めて会ったのが紅屋なら、名の似ているのは偶然の一致か。それでも龍之助は、

(縁起がいい)

ものを感じた。

龍之助も大松の弥五郎なる男に興味があった。左源太を供に無頼で鳴らしていたころ、この一帯も縄張にしていたが、それは街道おもてに限定されたことで、枝道にまでは入っていなかった。まして門前町はなおさらだった。町の者が金杉橋向こうの室

井道場に走ることもなければ、走る必要もなかった。だから当時、龍之助は闇勢力の存在は知っていても、貸元の弥五郎や代貸《だいがし》の伊三次と面識はなかった。似たような稼業ながら互いに必要としなかったところに、かえって興味が湧いたのであろう。

仲居が鄭重に奥の一室に案内した。そこにおもての喧騒は伝わってこない。

部屋には五人分の座が用意され、大松の弥五郎が待っていた。上座も下座もなく、弥五郎と伊三次がならんで龍之助ら三人と向かい合うように座布団が置かれている。役人も無頼も、対等に対面しよう……それを示す配置だ。供の茂市には玄関横の部屋が用意されていた。

「うむ」

龍之助はその配置に頷いた。

大松の弥五郎は、部屋に一歩入った龍之助に、

「さきほどは、あっしのことを〝枯れ松〟などと言いなすったそうで」

ニヤリと嗤《わら》って居住まいを正し、

「ですが、それでかえって話の分かりそうな御仁《ごじん》とお見受けいたしましたゆえ」

座布団のならびを手で示し、龍之助を値踏みするように言った。二つ名の〝大松〟とは逆に小柄で、しかも坊主頭だった。丸い顔に目付きが鋭く、愛嬌のなかに不気味

さが感じられる。

(なるほど大松か。なにやら大きいわい)

龍之助は感じ取った。

が、座につくなり、

「どうも気に入らねえなあ。だから〝枯れ松〟よ」

龍之助は弥五郎を見据えた。

「なに!」

案内してきた伊三次が勇み立とうとするのを弥五郎は手で諫《いさ》めた。

一同が座についてからも部屋に走った緊張が残っている。

左源太とお甲にも、龍之助の意図が分からない。大松一家の縄張内で弥五郎を怒らせたのでは、明日には江戸湾に死体で浮かんでいても不思議はないのだ。

「失礼いたします」

廊下から仲居の声が入り、膳が運ばれた。緊張の糸がいくらかほぐされた。

だが、

「ん?」

据えられた膳に龍之助は首をかしげた。左源太もお甲も同様だった。膳は蕎麦《そば》一枚に吸い物が一椀のみ……紅亭の構えとあまりにも差がありすぎる。

大松の弥五郎は、龍之助を量《はか》るように見つめている。

「ほう。これは旨《うま》そうな」

龍之助はつけ汁の椀を取り、ツルツルと音を立てた。

「さあ、やってくだせえ」

弥五郎は左源太とお甲にも勧め、みずからも箸をとった。左源太とお甲も、弥五郎の意を解したようだ。

「旨《うめ》えですぜ、大松の親分」

左源太が龍之助の受けとめ方を代弁するように言うと、弥五郎はニコリと鋭い目をほころばせた。

蕎麦一枚の配膳は、

（馳走《ちそう》はいたしやせんぜ）

その意思表示だったのだ。初対面から派手に饗応すれば、みずからを低め逆に弱味を見せたことになる。そこを龍之助は〝了《りよう》〟としたのだ。

蕎麦一枚の座は、豪勢な酒肴《しゆこう》の座よりもなごやかなものとなった。

「聞きやしょうかい。何がお気に召さねえのでござんしょう」

大松の弥五郎は切り出した。龍之助は箸をとめ、応じた。

「そのことよ。神明宮の境内からおめえんとこの伊三次はこの者の面《つら》を見つづけだ。こいつは小仏の左源太といって、この町に来るのはこれが最初じゃねえ。そこに気づかねえとは、大松の右腕が聞いてあきれるぜ。ま、気づかねえのも無理はねえか。おめえら一家は、わけの分からねえやつらに虚仮《こけ》にされっぱなしだったのだからなあ」

「どういうことですかい、鬼頭の旦那」

伊三次がまた反発するような口調をつくった。

左源太とお甲には、龍之助の言っている意味は分かった。それが分かれば、大松の弥五郎と対面する場を作りだした意図も分かる。龍之助は丸顔の弥五郎と代貸の伊三次を交互に見ながら話をつづけた。

「去年の秋よ。てめえらの庭先で得体の知れねえ連中に賭場を開帳されたうえ、奉行所の手に踏み込まれたろう。そのとき縄目を受けた客が、この小仏の左源太よ」

「あっ」

と、弥五郎と伊三次は同時に声を上げた。賭場にお上の手が入れば、体を張ってでも客を逃がすのが胴元の役目である。しかも縄張内でもぐりの賭場を開かれたうえ、手入れに大松一家は手も足も出なかった。裏の仕組を取り仕切る貸元として、これほど同業にも縄張内の堅気衆にも恥ずかしいことはない。

「そ、そんなら、そちらのお兄《あに》いさんがあのとき奉行所に引かれなすった……」

驚いた口調で言う伊三次に、

「おかしいですぜ、八丁堀の旦那。そのときお縄になったお人は、申しわけなくも島送りになったと聞いておりやす。それがいまここに……みょうじゃござんせんかい」

弥五郎がつないだ。半年で島を赦免になるなど、およそ考えられない。

「へへ、そりゃあ世間一般じゃそうでござんしょうよ。だがね、見なせえ」

左源太は不敵に嗤《わら》い、左の腕をめくって見せた。

「おっ」

「これは！」

また弥五郎と伊三次は同時に声を上げた。島帰りの証《あかし》がそこにある。

「八丁堀にもね、世間一般と同様、あり得ないことがありますのさ」

脇からお甲が言ったのへ、

「さようでございますかい。ところで姐さん、さっきから気になっておりやしたが、姐さんもその筋のお人で……？」

訊いた伊三次自身、〝その筋〟が八丁堀を指しているのか裏の世界を言ったつもりなのか分かっていない。

(深くは訊くな)

そのような表情で、

「鬼頭龍之助さまとおっしゃいましたねえ。あまり聞かねえ名でござんすが」

大松の弥五郎が話を前に進めた。

龍之助は受けた。

「八丁堀にゃまだ三年、駆け出しだ。だがその前《めえ》は、街道おもてで室井道場の者が
……といやあ」

「えぇえ、あの侍だか町人だかわけの分からねえ剣術使いの暴れ者がいたとか」

「へへ、その一の子分がこの俺、小仏の左源太でえ」

ようやく気がついたように言った伊三次に、左源太は胸を張った。

「ほう。その剣術使いが……八丁堀で小銀杏を結ってなさる。しかも、島から戻した
人とつるんでいなさるような……」

血筋に奉行所の上の者がいたからとくらいに思ったか、

「それはともかく」

と、いまの結果だけを受け入れるように、

「旦那はどうやら、わざと定町廻りみてえな格好で来なすったのは、逆にあっしらへ敵対しねえってことで……そう解釈してよろしゅうござんすかい」

「ふふふ。さすがは大松の弥五郎、目だけじゃなく勘も鋭いようだ。さっきの枯れ松は取り消すぜ。そこへな、奉行所の公用じゃねえから、逆に奉行所の格好で来たってこともつけ加えておけ。つまり奉行所の誰かと手を組んで、おめえらを虚仮《こけ》にしたやつらのことを知りてえってことさ」

「ほう、さようでござんしたかい。ならばこっちも話がしやすくなりまさあ。あいつらのことでしたらねえ」

弥五郎は安心したように話しはじめた。もぐりの賭場を開いているのが奉行所の息のかかった者で、目的は日ごろお上が手のつけられない門前町の無頼どもを炙《あぶ》り出そうとしているらしいことは、お甲が音羽町の貸元から聞いた話と一致している。

「それにね、旦那。あのとき奉行所の手の者がお縄にしたのは、ほれ、その小仏の左源太どんとあっちゃ、申しわけねえが、あっしらの聞いた話と辻褄《つじつま》が合いまさあ」

「ほう。どういう具合にだ」

龍之助は弥五郎の丸顔を見つめた。弥五郎は語った。

「奉行所にしてみりゃあ、あっしらを炙り出そうと打った賭場で、引っ捕らえたのがあっしらの者でないことがすぐに分かったのでしょうよ。まあ、言っちゃあなんですが、使いものになりやせんや。それで意図をあっしらに感づかれねえうちにと早々に幕を引き、しばらくこの町に手を出さねえようにした。とまあ、そういうことじゃござんせんかい」

「えっ。だったら俺は、そんな虫けらみてえに扱われたのかい！」

声を上げた左源太に、弥五郎はさらにかぶせた。

「そのとおりだ。左源太どんにはまったく済まねえことをしてしまったが、奉行所の息のかかった者を刺し殺し、遠島で済んだのは……」

死罪の場合には、老中に報告し罪状を説明して認可をもらわねばならない。その過程に、奉行所が無頼を使嗾《しそう》し賭場を開帳していることが発覚すれば事《こと》である。関係者は切腹モノであろう。だが、遠島なら与力の差配でできる。弥五郎の語った内容はまた、龍之助が奉行所内で調べ上げた結果と一致している。

（神明町の弥五郎め、これに関しては俺とおなじ土俵に立っていやがるな）

龍之助は確信を持った。

「くそーっ、だっちもねー。人をいいように転がしやがって」

「旦那ア、そんなことを差配してるのって、奉行所の誰なのか、分かりませんので？」

あらためて怒りを滾《たぎ》らせた左源太へお甲が同情するようにつなぎ、龍之助の横顔を見つめた。龍之助は応えた。視線は弥五郎に向けている。

「およその見当はつけているぜ。ただ……」

「ただ、なんですかい。あっしにできることでやしたら……」

「分担してもらおうかい。田嶋重次郎ってえ隠密束《たば》ねの与力だ。だが、そこと組んで賭場を開いているやつが誰だか分からねえ」

「隠密与力の田嶋重次郎……やはりそうでしたかい。顔は知ってまさあ。元凶《もと》がその与力だとすりゃあ、そことつるんでやがる胴元を洗うのはこっちにお任せくだせえ」

言う弥五郎のかたわらで、代貸の伊三次は頷きを見せていた。

「で、鬼頭の旦那。そいつが分かれば、どうしなさるんで？」

大事なところである。大松一家にすれば、今後の死活がかかっているのだ。

「ふふ、それよ。そんなのが端《はな》からいなきゃあ、この小仏の左源太だって島送りになることはなかった」

「もっともで」

「それにだ、おめえたちの前《めえ》で言うのはなんだが、目的はなんであれ奉行所の者が町の与太と組んで賭場をご開帳たあ許せねえ」

「そのとおりで。お上に賭場を開帳されたんじゃ、あっしら飯の喰い上げになりまさあ」

「それだけじゃありやせん」

伊三次が口を入れた。

「我慢のならねえことが、まだあるのかい」

左源太が問い返し、膝を乗り出した。

「奉行所肝煎《きもい》りの賭場にひっかかって貸元や代貸を持っていかれた町じゃ、後釜を狙って血の雨が降り、ある町じゃそれが長引いて堅気の衆に多大の迷惑をかけ、飲み屋も岡場所も客の入りが悪くなって町も寂《さび》れ、鳥居の内まで参詣客が減ったなんて例もありまさあ」

「なるほど、分かりやすぜ。世の仕組を乱しやがって」

左源太が得心したように返したのへ、

「ま、みょうな理屈ではござんすが、左源太どんがおっしゃったように、それが世の仕組たあ旦那もよくご存知と思いやすが」

弥五郎があとをつなぎ、

「ところで旦那。さっきから気になっていたのですが、そちらの若い姐さん。ひょっとしたら女壺振りで峠のお甲さんじゃ？」

「ほう、やっと気がついたかい」

「えっ、じゃあやっぱり」

伊三次は座布団をはずして中腰になるなり、

「峠の姐さんへ、失礼いたしやした。あらためて、お目にかかりやす」

仁義の姿勢をとった。弥五郎も胡坐《あぐら》のまま威儀を正した。盆茣蓙《ぼんござ》を自在に仕切れ、絶対にばれない。お甲の技は、それほどに価値あるものなのだ。

「あらあら、伊三次さんと申されましたねえ。紛《まぎ》れもなくあたしゃ峠のお甲でござんすが。さあ、席にお戻りくださいましよ」

「へえ、お言葉に甘えさせていただきやす」

伊三次は座りなおし、弥五郎は言葉をつづけた。

「そうでしたかい。あっしもお初にお目にかかりやす。伊三次から報告を聞いたときからそうではないかと思い、そのお人が八丁堀と一緒だというもので、向こうについて物見に来なすったかと、ドキリとしたものでございやす。したが、ここでこうして話が進むにつれ、いまは安堵しているところでございやすよ。で、お甲さん、いまどちらの貸元に？」

「音羽町のほうにちょいとな」

龍之助が代わって応え、

「きょう小仏の左源太と峠のお甲をともなったのはほかでもない」

「ほう、音羽町の。で、なんでございやしょう。お聞きいたしやす」

弥五郎は居住まいを正した。

「この二人、俺の岡っ引だと思ってくれ。きょうはそれの顔見世でな、とくに左源太はおめえらの縄張内《しまうち》に住まわせてもらうことになるぜ」

「ほっ、こいつぁおもしれえ。小仏の左源太さんが鬼頭さまの岡っ引でこの町に」

「おっ、歓迎してくだすったね、伊三次さん」

と、二人はさっそく兄弟分になったかのように意気を合わせ、

「ついでに峠の姐さんもどうですかい、この縄張内に。手ごろな一軒家、すぐにでも見つけやすぜ」

「こら、いい加減にしねえか。お甲さんにも都合があらあ。それに伊三次よ」

大松の弥五郎は厳しい表情をつくり、

「お上に隠れる壺振りが、同心の岡っ引なんざ尋常じゃねえ。それを鬼頭さまは俺た

ちに明かしなすった。いいか、このことは俺とおめえだけのことにして、ほかに断じて洩らすんじゃねえぞ」

「へえ」

伊三次も真剣な表情に戻り、

「そうさせていただきやすぜ、鬼頭の旦那」

弥五郎は言うと、襖の向こうへ両手を打とうとした。

「おっと待ちねえ」

龍之助はとめ、

「昼日中から酒は困るぞ。おめえたちとはこのあと長《なげ》え付き合いになりそうだ。これからも機会はあろうよ。その日を楽しみにしておくぜ」

「おっ、旦那。出会いには一本取ったつもりが、帰りには一本返されやした」

弥五郎は相好《そうごう》を崩した。

帰り、弥五郎と伊三次は神明町の通りから街道まで出て龍之助とお甲を見送った。

龍之助は茂市を供に北へ、お甲は南へ町駕籠を拾った。左源太はきょうから、神明町の住人なのだ。

まだ陽は高い。茂市は満足げな表情だった。茂市には蕎麦ではなく相応の料理が出たようだ。そのうえ奥から出てきた龍之助も弥五郎も和気藹々《わきあいあい》としていたのだ。

「旦那さまア。わしはもういつ立ち回りが始まるかと、ひやひやでございやしたよ」

ウメへの土産《みやげ》の折が、挟箱のなかに入っている。

「そのようなものだったぞ。一か八《ばち》かのなあ」

「えぇっ」

驚く茂市に、

「ふふふ」

前方を向いたまま、龍之助は満足げな笑みを洩らした。

四

忙しくなった。神明町の大松一家である。

「親分。分かりやしたぜ、もぐりの正体が！」

伊三次が外出先から息せき切って神明町に駈け戻ってきたのは、左源太が島からご赦免になった天明六年の春も、すでに初夏を感じはじめたころだった。

龍之助が左源太とお甲をともない、神明町へ〝殴り込み〟を入れて以来、伊三次は大松の弥五郎に言われ、隠密束ねの与力〝田嶋重次郎〟の名を胸に江戸市中の貸元衆を走った。もちろん弥五郎も貸元同士の集まりには、

「――こいつぁ俺のためだけじゃねえ。みんなが無事に生きていくためですぜ」

声を大きくして呼びかけていた。

反応はよかった。といっても、その手先になっている一群の名がすぐに分かったわけではない。しかも逆に、〝元凶《もと》〟が隠密束ねの与力と聞いては、ますます用心深くというよりも怖気《おじけ》づく貸元もいた。神明町の大松一家に一味加担し、失敗すればわが身は打首か遠島で、縄張はほかの者に奪われるのだ。だが、噂を集めるのにはいずれも積極的に協力してくれた。

「――いるぜ。そいつは緑川《みどりかわ》の甚左《じんざ》に違《ちげ》えねえ。田嶋重次郎の手先だ」

言ったのは本所深川《ほんじょふかがわ》の富岡八幡宮門前の貸元衆の一人だった。

手先とは岡っ引の別名である。その緑川の甚左なる名が上がるまでかなりの時間がかかったのは、甚左が市井に出る同心の手先ではなく、その同心たちを差配する与力についていたからだろう。与力が直接岡っ引を動かしているなど、珍しい例なのだ。

「――地元だが、用心して調べるまで俺も気がつかなかったぜ」

と、伊三次に話した深川の貸元は言っていた。その貸元は、甚左なる男の塒《ねぐら》が自分

の縄張内だったためか、かなり詳しく調べあげていた。〝緑川の〟などと二つ名をとってているのは、元相撲《すもう》取りで四股名《しこな》が緑川だったらしい。

「飲む、打つ、買う」の三ドラ煩悩《ぼんのう》のそろった力士で、十両にも上がらないうちに堅気の客と喧嘩をして大けがを負わせ、破門になったらしい。そこを相撲好きであった与力の田嶋重次郎が秘かに引き取り、深川を担当していた定町廻りの同心にも知らせず八幡宮前に住まわせ、秘蔵の手先として賭場や岡場所の探索に使っていたようだ。七年ほど前からのことだという。どの土地の貸元も、同心の岡っ引なら面もすぐに割り、用心しているものだが、さすがに与力直属までは目が至らなかったようだ。

その面が割れたのは、ここ二、三年で急に緑川の甚左の羽振りがよくなり、無頼の十数人も集めて一家をなし、土地の岡っ引にも貸元衆にも目障《めざわ》りになりはじめていたからであった。そこへ芝の神明町の伊三次から〝田嶋重次郎〟なる与力の名がもたらされ、探りを入れてみるとこれまでの行状が、

「――いちいち辻褄《つじつま》が合っている」

のだった。

「間違えあるめえ。小仏の左源太どんにも知らせるのだ。鬼頭の旦那と詰《つめ》の話をする段階が近づいたようだ」

大松の弥五郎は満足そうに言った。

神明町の裏店《うらだな》で、左源太はおとなしかった。龍之助の岡っ引になったといっても、当面探りを入れるものは何もない。神明町の出来事なら伊三次に聞けばすぐに分かるし、探りの対象でもない。街道おもてで酔っ払った馬子が暴れただの町駕籠と荷車がぶつかって大喧嘩になったなどの話は、おなじ長屋の住人である占い師や古物買いが教えてくれる。そのたびに、走りたい気持ちをぐっと抑え、

「関係ねえ、関係ねえ。町の岡っ引や定町廻りは忙しいことだろがな」

左源太は言っていた。以前なら岡っ引が駈けつけるよりも早く左源太の知らせで龍之助が走り、同心が奉行所の小者を引き連れて来たときには、もう街道は平穏になっていたものだった。

街道の衆は、それを実際に喜んでいた。下帯《したおび》一本が盗まれたといったような事件でも、岡っ引が走り定町廻りが扱うところとなれば、自身番に届け出て記録に残し、下帯を盗まれた当人と町の町役《ちょうやく》、長屋住まいなら大家らが打ち揃って奉行所に出頭し、与力から事実関係の尋問を受け詳しく証言しなければならない。一日仕事になる。日銭稼ぎの出商《であきな》いはもちろんお店者《たなもの》も、下帯一本で町全体がえらい損害となる。

繁華な門前町となればなおさらだ。斬った張ったの刃傷沙汰《にんじようざた》でも、貸元の手の者

がさっさとケリをつけてくれる。商舗《みせ》に同心や奉行所の六尺棒があふれ、その接待までさせられたうえ、営業が何日もできなくなるといったことはなくなる。先日も神明町の通りで酔客が屋台の老爺《おやじ》に難癖をつけ、駈けつけた伊三次らに壊した屋台の弁償をさせられ、街道おもてへつまみ出されるといった小事件があった。近くで見ていた易者が長屋で、

「――だからこの町は安心して商いができるのさ」

などと解説入りで話していた。

その地回りの伊三次が長屋にときおり来て〝薄板削り〟の左源太を兄弟分のように扱っているのだから、住人らはこの新入りに一目《いちもく》置いた。そこに左源太は意気がることもなく毎日おとなしく薄板を削っているのだから、近辺での評判はよかった。その根気は、おそらく〝龍兄イ〟の岡っ引との自負心より出たものであろう。薄板削りもズブの素人にはできないが、左源太はすぐ問屋が、

「――さすがは八丁堀の旦那から言われた職人さん」

と目を細めるほど薄さにムラがなく、どの板も寸分違《たが》わず削り落とすようになっていた。問屋の手代はそれを集めて曲師《まげし》にまわして千木筥に加工させ、さらに色づけをして神明宮や近くの土産物屋に卸《おろ》すのである。

「兄弟《きょうでえ》。いるかい」

と、伊三次が左源太の裏店に訪《おとな》いを入れたときも、一間《ひとま》しかない部屋を作業場に刃物を檜《ひのき》の板にあてていたときだった。

「ほう、どうしたい。きょうはなんだか興奮しているみてえじゃねえか」

左源太は持っていた鑿《のみ》のような刃物の動きをとめた。

「そうよ、興奮してらあ。分かったんだぜ、田嶋重次郎の駒《こま》がよう」

「えっ。上がんねえ、上がんねえよ」

左源太は畳の上に散らばっている木屑《きくず》を手で払いのけた。

伊三次と左源太が連れ立って八丁堀に出向いたのは、このあとすぐだった。

「俺が話すよりも、おめえが直接話しねえ。こういうことはよ、確実に伝わらなくちゃいけねえ」

八丁堀の組屋敷で左源太が、一端《いっぱし》の岡っ引らしいことを言い、二人の訪いを受けた龍之助も言った。

「確実なところが欲しい。面体を検《あらた》めるぞ。大松の弥五郎に言って、深川の貸元に話を入れておけ」

積極的で、しかも慎重である。

その日以来、もちろん、奉行所内での聞き込みにも一層の神経を注いだ。同心の溜り部屋で、

「与力の田嶋重次郎さまは独自の岡っ引を持っていなさるらしい」

「隠密廻りの人ら、さぞやりにくかろうなあ」

定町廻りの同心たちは言っていた。

それとなく隠密廻りの同心にも聞き込みを入れた。かれらは言った。

「知ってるさ。そりゃあ俺たちの使っている岡っ引と田嶋さまの手下《てか》じゃ、役回りが違うからなあ。手下同士がぶつかるってことはないさ」

それに、隠密同心の使嗾《しそう》している岡っ引が、ときおり神明町にも入っていることが明らかになった。龍之助は、大松の弥五郎が伊三次に口止めをしたように、左源太を神明町に配置したことも、女壺振りのお甲と連絡のあることも、奉行所内では誰にも話していない。

「よしっ、きょうだ。急げ」

茂市が龍之助に言われ神明町に走ったのは、左源太と伊三次がそろって八丁堀に顔を見せてから四日ほどを経た日の朝だった。

きっかけはおとといだった。茂市が往還に出て掃き掃除をしているところへ田嶋屋

敷の下男が通りかかったので、

「——おや、お使いかね。うちの旦那はきょう非番じゃが、一日中屋敷にいなさるので気が休まりませんわい」

「——そりゃあ大変だね。うちのほうは非番でもよくお出かけになり、いつも深川飯《ふかがわめし》を土産に買ってきてくださるので楽しみですわい」

立ち話をしたのである。深川飯とは文字どおり深川の名物で、浅蜊《あさり》や蛤《はまぐり》に葱《ねぎ》、茗荷《みよう》などの添え物を煮込んだ味噌汁を飯にかけた丼《どんぶり》であり、土産用の弁当なら味噌を上に載《が》せた炊き込みご飯となる。富岡八幡宮の前では茶店でもこの飯を出し、専門の上がり茶屋もある。

（なるほど、深川……か）

茂市から聞いたあと龍之助は意にとめ、その田嶋重次郎の非番が、

「——あしただ。午過《ひるす》ぎまで、お屋敷にも連絡がとれなくなりますわい」

きのう、奉行所の廊下で隠密同心から聞きとったのである。さっそく龍之助は直属の与力に、

「——あしたは市中を微行《びこう》してまいります」

告げた。差し迫った出役《しゆつやく》のないときは、同心の自由裁量が大幅に認められている。

その日、朝から〝微行〟に出た龍之助は、担当の四ツ谷とは方向違いの日本橋に向かい、南詰め広場の茶店にふらりと入り、外からは見えない奥の縁台に腰を据えた。日本橋の一日はすでに始まり、武士や町人の往来人に混じって荷馬や荷車、さらに町駕籠が行き交っている。橋を北へ渡れば母の実家の浜野屋がある室町は近く、浪人とも町人ともつかぬ出で立ちでよく渡ったものである。いま茶店の奥に陣取った龍之助は、着流しに大小を差し、塗笠を膝に、いずれ旗本のそぞろ歩きの途中のように見える。市中の微行と言った以上、ふところには袱紗《ふくさ》に包んだ十手を忍ばせている。イザというときにはこれがモノを言い、必要なときには身分証明にもなる。

日本橋の橋板に荷車の車輪や下駄の音が響き、茶店の奥に座っていてもけっこううるさい。地方から出てきた者にはこの響きがたまらなく、往還にはみ出した縁台に陣取り、土ぼこりをかぶりながら往来人をながめている暇人もいる。

来た。往来人にまじり、人を找《さが》すようにキョロキョロしている。

「おう、こっちだ」

龍之助が腰を上げ呼びとめたのは、茂市に言付《ことづ》けたとおり角帯をきちりと締めたお店者風と半纏に三尺帯で職人風を扮《こしら》えた二人、伊三次と左源太である。いかにも仕事に出かけた途中を装うため、お店者風の伊三次は風呂敷包みを小脇に抱え、左源太は板削りの道具類を入れた合切袋《がっさいぶくろ》を肩にかけている。

「へへ、龍兄イ。ようやく出番をつくってくだすってありがたいですぜ」

さっそくお茶で喉を湿らせた職人扮えの左源太が言う。扮えなくても、いまでは正真正銘の薄板削りの職人であり、半纏に三尺帯が似合っている。伊三次のお店者風もなかなかのもので、

「横におじゃまいたします」

と、言葉遣いまでそれらしく振る舞っている。なかなかの役者ぶりだ。

着流しの武士にお店者と職人、奇妙な組み合わせが一緒に茶をすすっていても、奥の座で往来からは見えない。茶店のおやじや茶汲み女たちも奇異には思わない。ここでは旗本に芸者、相撲取りに谷町の旦那と、どんな組み合わせでもおかしくはないのだ。

「左源太よ」

「へい」

「おめえ。前から気になっていたが、俺を呼ぶのに兄イはまずいぜ」

「へっ。さようで？」

「そのとおりでございますよ、左源太さん」

伊三次が湯呑みを手に言う。

「だったらどのように」

「鬼頭の旦那、それとも鬼頭さま……。ねえ、そうですよねえ旦那」

「鬼頭さまあ？　いまさら。ま、鬼頭の旦那……とでもいきやしょうかい。気は乗らねえが」

「来たぞ」

話しているなかへ、不意に龍之助が真剣な表情をつくった。

「あれですか。いま町娘を追い越した」

応じた伊三次の視線の先に、羽織・袴に深編笠で顔を隠した武士が颯爽《さっそう》と歩いている。顔は見えずとも体つきや歩き方で、龍之助にはそれが田嶋重次郎だと一目で分かる。日本橋のほうへ向かっている。供を連れていないのは、お忍びの外出であろう。

「行くぞ。姐《ねえ》さん、お代はここへ」

三人は腰を上げた。

「またのお越しを」

背に茶汲み女の声を聞く。芝界隈の縁台なら一杯三文から五文の茶が、日本橋のたもとともなれば十文は取られる。それだけ茶汲み女にも若くて美形をそろえている。

尾行の配置は決めている。田嶋重次郎の十数歩うしろをお店者風の伊三次が尾《つ》け、そのあとに職人姿の左源太が歩をとり、さらにうしろを塗笠で小銀杏を隠した龍之助がつづく。傍目《はため》にはその流れに一貫性はなく、田嶋与力が振り返ったとしても、その目に龍之助は見えない。

日本橋を渡ると田嶋与力の足は永代橋《えいたいばし》に向かった。江戸市街の中心とあっては武士に僧侶、娘にご新造、お店者に職人に天秤棒の行商と、往来に人波は絶えず、そのあいだを町駕籠や荷車が縫うように走っている。目標が深編笠とあっては見失う心配はない。ときおり伊三次が振り返って左源太がついて来ているのを確かめると、左源太も応じるように振り返り、龍之助がそれに頷きを返している。

永代橋に入った。長さ百十間（およそ二百米）と大川（隅田川）に架かる橋では一番長く、日本橋ほどではないにしろ下駄や大八車の響きが絶えることはない。

田嶋与力の足が橋の中ほどに入ったころ、龍之助の歩も橋板を踏んだ。喧騒のなかを進む。すぐ横を荷車が通ればその響きが全身に伝わってくる。橋の両脇には欄干《らんかん》に寄り添って川面を行き交う無数の舟や、遠く富士山を飽きず眺めている者もいる。日本橋から眺める富士山も江戸名所の一つとされているが、永代橋からはさらに麓《ふもと》への稜線が長く見える。

そこを渡れば、富岡八幡宮はすぐである。

(野郎、緑川の甚左に会ってくれ)

念じながら、伊三次は尾けている。

(ほっ、やはり)

田嶋与力は富岡八幡宮門前の大通りに入った。往還も街の規模も人通りも、芝の神明宮の数倍はある。だから貸元も神明町のように大松の弥五郎一人ではなく、数人が縄張を定め割拠《かっきょ》している。普段は鎬《しのぎ》を削り合っているものの、もぐりの賭場については、弥五郎と親交のある貸元が言っていたように、

「一味合力《ごうりき》の意思があり、互いに連絡も取り合っている」

らしい。

大通りに入ると、伊三次は左源太に合図を送ると脇道に入った。田嶋を尾けるのは左源太と龍之助の二人となった。

大通りに午前から参詣客や行楽客が出ているのは神明宮と変わりはない。進んだ。田嶋与力は一度も振り返らなかった。自分を尾ける者がいるなど、思いもしていないのであろう。

伊三次はすぐに脇道から出てきた。懇意の貸元の手の者を一人ともなっている。す

でに左源太と龍之助はほかの脇道の角に立っていた。田嶋与力が枝道に入り、おもて通りではない料亭に入ったのだ。

男は二本差しの龍之助にピョコリと辞儀をすると、

「ほっ、こいつはいい。あそこなら見張るのにちょうどいい茶屋がありまさあ、兄弟《きょうでえ》」

と、伊三次に言い、料亭と往還をはさんで斜め向かいにある茶屋を顎《あご》で示し、

「深川の万造《まんぞう》と申しやす。お侍さまも、ちょいとここで待っててておくんなせえ」

茶屋に走り、すぐに出てきた。

さすがは貸元のよこした男である。顔がかなり効くようだ。用意された部屋は、障子窓が通りに面し、のぞけば田嶋与力の入った料亭の玄関が見える。

「ちょいと行って確かめて来まさあ」

万造は茶屋の部屋を出た。障子窓のすき間から料亭の玄関に入るのが見える。

しばらくしてから出てきた。外を行く者の影は短くなり、そろそろ午《ひる》近くになったことを示している。

「間違《まちげ》えありやせん。さっき入ったのは北町奉行所の田嶋重次郎で、緑川の甚左が子分二人を従え、さきに来て待っていやしたようで。料理の注文は昼だけのようです」

仲居か番頭に質《ただ》したのだろう、なかなか気の利く男だ。

「ふむ、昼食《ちゅうじき》だけか。そう待たずに済みそうだなあ」

龍之助は応え、

「せっかく深川に来たのだ。午にはまだ早いが、俺たちも……なあ」

廊下に向けて手を打った。深川飯である。

万造は食べなれているかもしれないが、

「旨《うめ》え。俺の削った千木筥も合切袋に入れてくりゃあよかったぜ」

「はは、自分への土産に詰めて帰るってか」

左源太と伊三次は箸を動かしながらも、交替で障子窓のすき間に目を張りつけている。もちろん万造もそこに加わる。きょうの目的は、左源太と伊三次が田嶋重次郎と甚左の面体を見極め、さらに龍之助が甚左を値踏みするのが目的である。機会は田嶋重次郎が玄関を出てきて深編笠をかぶるまで、ほんの一瞬しかない。交替で、障子窓から目が離せない。

そうした動きに左源太の袖がめくれ、二本の黒い線が深川の万造の目に入った。

「おっ、それは。苦労を重ねたお方だったのですかい。お見それいたしやした」

万造は低く言い、その口調にはいたわりの念がこもっていた。同時に、万造の左源

太に対する態度も変わり、さっきまでは〝そちらさん〟だったのが、

「左源太さん」

に、変わった。神明町の裏店の住人には見せていないが、裏の世界ではかえって役に立つようだ。

だが、万造のそうした変化に、

(済まぬ。俺が至らなかったばっかりに)

龍之助は胸中にまた詫びていた。それは伊三次も同様である。

深川飯はそう時間をかけて食べるものではない。田嶋重次郎たちも、つぎにもぐりの賭場を開く町の打ち合わせだけだったか、見張り部屋の膳がきれいに片付いてから間もなく、

「出てきやした」

のぞいていたのは、もう入墨を隠していない左源太だった。すかさず障子窓に寄った万造も、

「間違えありやせん。あの大きいのが緑川の甚左で」

「ほう。おっ、いまだ。見えるぞ、田嶋の面《つら》、目ン玉に刻《きざ》め」

龍之助が低い声でつないだ。

玄関を出てきたとき、田嶋重次郎は笠をかぶっていなかった。見送りに往還まで出たのは女将《おかみ》か、深編笠を両手で捧げ持っている。田嶋がそれを受け取り頭にかぶるまで、面を確認するだけなら十分な余裕があった。なかなかに鋭い面相である。

さらにその横で卑屈に腰を折っているのが、

「あれなら見間違うことはあるまい」

巨漢ではないが、周囲にくらべれば大きく元力士の貫禄はあり、そばにいる女将が少女のように見える。大松の弥五郎と体軀《たいく》は対照的だ。

田嶋与力はすでに深編笠をかぶっているが、

「ふふ。もう夜に背中を見ただけでも分かりまさあ」

左源太は、低く掠《かす》れた声を部屋に這《は》わせた。ほかに甚左の配下が二人いたが、その姿形《すがたかたち》まで左源太も伊三次も惜《しか》と脳裡に叩き込んだ。

「さあ、面体を確かめた。いよいよ仕掛けの準備に入るぞ」

「へい」

「がってん」

龍之助の声に、左源太と伊三次は勢いよく立ち上がった。具体的な策を立てるのに対手《あいて》の面体を知っておくのは、気分のうえからも大事なことである。

「よろしくお願いいたしやす。深川《こちら》の掃除はあっしらでいたしやすので」

万造は言っていた。土地を代表したようなことが言えるのは、少なくとも伊三次と同格の代貸を張っているからであろう。

この日、田嶋重次郎と緑川の甚左が談合したのは、龍之助の予測のとおりだったようだ。場所を見つけ開帳しても、土地の闇勢力はすっかり用心深くなり、手を出してこない。せっかく田嶋与力が奉行所の手を配置し騒動を待っても、何事もなく明け方には空《から》出役になることがつづいているのだ。もちろん、土地の貸元衆はそのつどイライラを募らせていた。その度合を隠密同心やその岡っ引たちは調べ、田嶋重次郎に報告している。それを踏まえ、

「つぎはどこに開帳すれば、土地の者を炙《あぶ》り出せるか」

話し合っていたのだ。どう結論を得たか、あるいはなかったのか……外からは測り知れない。

帰り、ふたたび永代橋と日本橋の喧騒を過ぎた龍之助のふところには、まだ熱さの残る深川飯が入っている。左源太が薄板を削っている千木筥のような小さなものではない。二、三人分は入りそうな大きな折詰めで、中身も浅蜊ではなく左源太らが舌鼓を打ったのとおなじ蛤の上物《じょうもの》である。

「旦那さまア」

と、茂市とウメの喜ぶ声を背にふたたび組屋敷を出たのは、その日の太陽がようやく西にかたむきかけたころであった。

その足が神明町に入ったとき、別々に帰った左源太と伊三次は、大松の弥五郎と一緒に神明宮門前の紅亭で待っていた。お甲も呼ばれて音羽町から駈けつけていた。知らせに走った大松一家の若い者が〝鬼頭さまのお声がかりで〟などと言ったものだから、町駕籠で神明町に乗りつけたときからウキウキしたようすであった。

部屋には前回と異なり、

「さあ、鬼頭の旦那もお甲さんも、遠慮なくやってくだせえ」

弥五郎が言うだけあって、膳の酒肴は豪華なものだった。仲居を部屋に入れず、大松一家の若い者が酌《しゃく》をするなかに話は進んだ。とっくに陽は落ち、部屋には行灯《あんどん》がいくつも立てられた。

「つまりだ、俺の策は……」

龍之助が話し、賭場に詳しい左源太や伊三次、それにお甲らが細かい部分に意見を出す。それらの段取りには大松の弥五郎が采配を振る。座はまさしく、修羅場を修羅場と見せないための謀議であった。

その夜、お甲は上機嫌で紅亭の奥座敷に泊まり、翌朝早くに伊三次が手配した町駕籠で帰った。龍之助の組屋敷に空《あ》いている部屋があるとはいえ、まだ独り身のあるじの許《もと》に、若くしかも色っぽい女が何度も泊まったのでは、両隣やお向かいの同輩の奥方たちがどんな噂を立てるか知れたものではない。

五

動いている。神明町の大松一家も、富岡八幡宮門前の緑川の甚左一味も、目に見えぬ糸で連動している。さらにそこへ、隠密同心やその岡っ引たちが加わる。舞台は神明町だ。

噂がながれていた。

「神明町じゃこのところ、夜になっても盆茣蓙の音がどこにも聞こえねえ」

「へへ。あそこの貸元、なんだか知んねえが最近イライラしているらしいぜ」

大松の弥五郎が、伊三次ら手下《てか》の者にながさせていたのだ。

それが隠密同心や岡っ引たちの耳に入る。

職人風を扮《こしら》えた隠密同心が北町奉行所を出た。着流しの微行《びこう》姿の龍之助があとにつづいた。行く先は分かっているから、間を長くおいても尾行は容易だ。神明町に入ると龍之助は間合いをつめ、屋台のおやじや、往来をぶらついている遊び人風に目配せをする。

（そこの職人、隠密同心だ。気をつけろ）

おやじも遊び人風も目で頷く。

職人の隠密同心が、甘酒の屋台のおやじに声をかけた。

「おう。このあたりにこっちの遊び場はねえかい」

手で壺を振るまねをする。

「ありやせんよ、最近はね。詳しく知りたいのなら、ほれ」

おやじは近くにいる遊び人風を顎で示す。職人の隠密同心はそのほうへ近寄り、話しかける。

「あるかい、そんなもんがよ。それがやりたくって来たんならお門違《かどちげ》えだぜ。とっと帰《けえ》んな」

さもいまいましそうに言う。

それらの一つひとつが田嶋与力の耳に入る。

田嶋は緑川の甚左とまた談合を持ったかもしれない。もう、尾ける必要はない。話し合う内容も分かっている。

「——つぎはもう一度、芝の神明町」

である。芝の神明町は去年の秋に仕掛けたがとんだ飛び入りの所為《せい》で、なんの成果もないまま手を引いたのだ。そのときの飛び入りとはむろん、小仏の左源太である。

田嶋与力にすれば、

(いまいましさ)

が残っている町だ。もう一度と意趣返《いしゅがえ》しのように思っても不思議はない。

翌日には緑川の甚左の手の者も神明町に入ってきた。甚左もいまいましさは田嶋与力と共有しているのだ。

職人風だった。神明宮の鳥居が見えるおもて通りだけでなく、裏通りにも入った。あらためて地形を調べているようだ。長屋の路地から出てきた左源太とすれ違った。

(おっ)

左源太は振り返った。富岡八幡宮前で、緑川の甚左と一緒に面体を頭に叩き込んだ一人である。

「兄《にい》さん。何かお探しですかい」

声をかけた。かけられたほうは、おなじ職人姿で相手には仲間意識があろうと気を

許したか、

「このあたりに、これができる場《ところ》はありやせんかい」

隠密同心とおなじように盆茣蓙の手つきをする。

「えっ！　これって、ありゃあ喜ぶ人もいなさろうが、そんなのが立ってみねえ。土地の貸元がすっ飛んできて半殺しにされちまうぜ。よしな、よしな」

わざと大げさに言う。左源太もなかなかの芸達者だ。

「ほう、そうかい」

返事とともにきびすを返したその表情は、満足そうであった。

騒動を起こすためにもぐりの賭場を開くには、申し分のない条件がそろっている。

報告を受ければ、甚左は喜ぶことだろう。

数日後、その甚左が直接神明町に現れた。

子分二人を従え街道から鳥居の見える通りに入り、両脇の料理屋に茶屋、往来人に屋台と、街並みをゆっくりと睥睨《へいげい》しながら鳥居のほうへ向かっている。すでに初夏となった日の午《ひる》過ぎである。往来を行き来する者の着物はすっかり軽くなり、棒手振《ぼてふり》や駕籠《かご》舁《か》き人足からは汗の臭いさえする。

左源太が知らせを受け薄板削りの手をとめおもてに出てきたとき、甚左の一行三人は境内への石段をゆっくりと上っていた。

「兄弟、こっちだ」

物陰から呼びとめたのは伊三次だった。すでに見張りについている。

「見てみろや」

「おっ、あれは」

「そうさ。あのときの」

富岡八幡宮前で確認した、甚左に従っていたあの二人だった。どうやら甚左の両腕のようだ。その一人とは先日、左源太は言葉を交わしている。きょうのお三方のお出ましは、甚左一味の動きが詰《つめ》の段階に入ったことを示していようか。

三人は石段を上りきると神明宮の本殿にお参りするでもなく、やおら振り返り、さきほどの街道までつづく通りや周辺の街並みをゆっくりと眺めはじめた。参詣人たちは、石段の上で立ちどまった遊び人風の三人を避けるように行き来している。

「おっ」

伊三次が軽い声を上げた。角帯に薄手の羽織を着こなしたお店者風が、三人組に近寄ったのだ。

「見てみねえ。ありゃあ隠密同心だぜ」

不意に左源太と伊三次の背後から低い声をかぶせたのは、小柄で坊主頭の弥五郎だった。元相撲取りの甚左の風体を確かめておこうと出てきたようだ。

「貸元、あれでさあ」

「分かってらあ」

石段の上を顎でしゃくった伊三次に弥五郎は返し、

「あの三人、どう見ても遊び人だ。ところがあのお店者、臆するどころか平然とし、逆に腰を低くしているのは三人のほうだろ」

「なるほど。それで奉行所の隠密廻り」

左源太が得心したように言った。変装でも手下の岡っ引なら、緑川の甚左たちが腰を低くするはずがない。お店者風も、その衣装に似合わず甚左らに横柄な態度をとっている。神明町の通りや街並みを見ながら、なにやら話しているようだ。

「これは旦那、お見廻りでございましたか。ご苦労さまに存じます」

と、緑川の甚左。

「おまえも事前に実地検分とは、こたびは張り切っているようだな。田嶋さまも頼りにしておいでだぞ」

石段の下の、さらに物陰からでは、二人が話しているのは見えても内容までは分からない。すぐ横を通り過ぎても聞き取れないだろう。大柄な甚左と角帯に薄い羽織の男は、きわめて押し殺した声で話しているのだ。

「へへ、旦那。田嶋さまにはこたびのお約束、間違《まちげ》えありやせんでしょうなあ。この町の掃除はしたわ、そんな約束はしておらんわじゃ、こっちの立つ瀬がござんせんからねえ」

また大きな体を卑屈に曲げた。

「あの元相撲取りめ、いやにしおらしいが、いってえ何を媚びてやがるんだ」

「なんなんでしょうねえ」

石段下の物陰で、じれったそうに呟いた弥五郎に、伊三次は返した。

通りに初夏の風がさらりと吹き、いくらか土ぼこりを巻き上げた。石段の上はもっと快《こころよ》い風が吹いていることだろう。いま境内から下りようとしている町娘が前を押さえた。話はまだつづいている。

「ふふふ。おまえも俺たちの手先で浮き草稼業よりも、自分の縄張《いえ》が欲しいだろうからなあ」

「へえ、さようで。その後も田嶋さまのお役に立ちまさあ。へへ、旦那にもあっしが小遣いに不自由させませんや」

緑川の甚左は角帯の男の顔をのぞき込むような姿勢をとった。なんと甚左は奉行所に弥五郎を捕縛させ、その後釜《あとがま》に乗り込んで神明町に緑川一家を立てようとしているのである。

発想は合理的であった。いま自分が塒《ねぐら》を置く深川の富岡八幡宮前では町の規模が大きく、数人の貸元が棲《す》み分けている。その一角が崩れれば、たちまち一帯は縄張をめぐる抗争の場となり、しばらくは血の雨が降るだろう。そうした例が、すでに何件かあるのだ。原因はいずれも緑川の甚左の仕掛けによる。すぐ隣の増上寺門前もおなじで、そうした広大な土地にくらべれば、神明宮門前は小ぢんまりとまとまって貸元も大松の弥五郎一人で、これさえ奉行所に持って行かせれば他と抗争することなく、そっくり一帯を受け継ぐことができる。しかも奉行所の隠密廻りが後押しとなれば、それこそ鬼に金棒ではないか。

「ま、お互いに得るところがあれば重畳《ちょうじょう》」

「へへへ」

緑川の甚左はまた卑屈に腰を折った。

「ふむ」

角帯の男は頷き、悠然と石段を下りはじめた。

老若男女の参詣人に混じり、お店者風の同心は大松の弥五郎らが何気なくたたずむ物陰の前を通り過ぎ、街道のほうへ向かった。

「伊三次どん、鬼頭の旦那へ」

「分かりやした。役職もついでに洗ってきまさあ」

伊三次はふらりと通りに出て、半纏に三尺帯の職人姿で同心のあとを尾けた。

一方、緑川の甚左らは神明宮の境内を一巡したあと、石段を下りて通りから脇道にも入り、街道に近い裏道のもみじ屋という小さな料理屋に上がり、一息入れてから町を出た。あとは伊三次が尾け、

「三日後でさあ。あの相撲取りめ、もみじ屋を借り切ったようですぜ」

そこまで聞き込みを入れ、弥五郎に報告していた。女将《おかみ》の名が源氏名であろうか、五十に近い年行きだがもみじといい、深川から流れてきた元芸者だという。

事の実行が近づいている。

(野郎、まっすぐ帰《けえ》るようだな)

左源太は男の背を追い、街道を北へ向かっている。

当たっていた。

だが八丁堀の組屋敷ではなく、呉服橋御門内の北町奉行所に向かっている。組屋敷なら入る門さえ確かめれば、あとで、

（龍兄イ、じゃねえ、龍の旦那に話しゃ、名も役職も分からあ）

だったのだが、

（ま、なんとかならあ）

北町奉行所の門前まで尾けた。

男はお店者風のまま悠然と門内に消えた。六尺棒の門番が出てきて鄭重に腰を折っているのなど、変装した男の身分がけっこう高いことを示している。

左源太はその六尺棒に、

「鬼頭さまから手札をいただいている者でございますが」

声をかけ、呼び出した。

龍之助はすぐに出てきた。

「なに、いま門を入ったお店者風？」

門番に聞き、その場で分かった。

――筆頭隠密同心・佐々岡《ささおか》佳兵太《かへいた》

「手強《てごわ》いぞ。すぐ神明町に知らせてやれ」

龍之助に言われ、このあともう一度、八丁堀と神明町を往復することになった。音羽のお甲には、大松一家の若い者が走った。伝える内容はおなじだった。

——三日後、神明町のもみじ屋である。

六

その日は来た。

どこの寺社でもおなじだが、日暮れとともに境内から人の波は消え、門前のほうに灯《つ》りが点き人々の息吹《いぶ》きはそちらに移る。

神明宮の石段下の紅亭の一室に、顔触れはそろっていた。大松の弥五郎に伊三次、鬼頭龍之助と左源太にお甲である。さきほど、

「もみじ屋のまわりで触れ役が三、四人、出はじめやした」

報告が入ったばかりだ。触れ役とは、賭場が開かれることを常連客や往来の者に触れてまわり客を呼び入れる役目のことで、どこの組織でも三下《さんした》の仕事である。

きょう午過《ひるす》ぎから田嶋重次郎差配の隠密同心たちが外出せず、日がかたむきかけた

ころには筆頭隠密同心・佐々岡佳兵太の差配で慌しく動きだし、小者らが御用提燈や六尺棒も用意しはじめたことを、奉行所を退出するとき龍之助は確認している。

「――捕物なんでしょうかねえ、何も聞いていませんが」

「――隠密廻りのやることだ。どこかで何か見つけたのだろうよ」

龍之助に訊かれた古参の定町廻りは、いまいましそうに応《こた》えていた。その足で龍之助は紅亭に駈けつけたのだ。

「さあ、弥五郎。きょうの采配はおめえに任すぜ。出番がくれば言ってくれ」

用意された握り飯で腹ごしらえを始めた。

「もう、あたしゃウキウキしますよ。盆茣蓙を乗っ取るなんて初めてですから」

「お甲と息を合わすなんざ、郷里《くに》でもなかったなあ」

左源太とお甲は先に腹ごしらえを済ませたのか、つぎの物見《ものみ》が戻ってくるのを待ちながら話している。

坊主頭の弥五郎は常に出入りする一家の若い衆につぎつぎと指図を与え、伊三次はその確認を取っている。

外はもうすっかり暗くなり、かすかに繁華な街のさんざめきが部屋にも伝わってくる。この日、紅亭にほかの客は入っていない。路地裏のもみじ屋が緑川の甚左一味の貸切りなら、おもて通りの紅亭は大松一家の詰所になっている。

また物見が戻ってきた。そのたびに行灯の炎が大きく揺れる。

「開帳です。客は十人ばかり、この町の堅気衆も四、五人。盆茣蓙の仕切りにも七、八人ほどがそろっておりやす。へい、確かに相撲取りみてえなのもおりやした」

甚左は深川から配下のすべてを連れてきているようだ。

「本腰を入れているようでござんすねえ。この町のお人も上がっていなさるとは、おおかた俺たち大松一家の賭場と間違えたのでござんしょう。もぐりの危ねえ賭場とも知らねえで」

「ま、こっちもしばらく開帳していねえのだから、仕方あるめえよ。町の堅気衆には申しわけねえことだ」

伊三次が言ったのへ弥五郎は返し、

「そろそろだぜ」

左源太とお甲に視線を向けた。

また物見の足音が廊下に響いた。

「奉行所の一行、捕物のようすでもなく、ばらばらに檜山《ひやま》屋敷に入りました」

「ふむ。檜山屋敷か」

頷いたのは龍之助だった。檜山屋敷とは、神明町でも神明宮とは逆の街道の東手にならぶ町家の裏側にある、旗本の檜山金次郎《きんじろう》の屋敷だ。奉行所が捕物出役のとき、現場近くの旗本屋敷を集結や連絡の場に借りるのはよくあることだ。そこに別段不思議はない。だが、捕物のようすもなくばらばらに入ったというのは、いかにも田嶋重次郎の捕物らしい。

「つまりだ、檜山屋敷で身支度をととのえ、騒ぎが起こりしだいワッと駈けつける算段だろう」

「俺がお縄になったときも、そうだったのかい」

龍之助の言葉に、左源太が去年の秋を思い出したように返した。

だが、いまはその感傷に浸《ひた》っているときではない。

「人数は」

言った弥五郎に物見の若い衆は答えた。

「与力らしいのが一人に同心が三人、あとは小者らしいのが二十人ばかり。詳しい数は、檜山屋敷の使用人と区別がつかず、分かりません」

「げえっ」

驚いたのは弥五郎だけではない。伊三次も驚愕の表情になり、思わず龍之助に視線見えてくる。いままでのように賭場で騒いだ者だけをお縄にし、そこから土地の貸元に手をつけようというのではない。騒ぎに乗じ、一気に神明町の勢力を、根こそぎひっ捕らえる算段を向けた。これほど大がかりな捕物など滅多《めった》にない。

(根こそぎひっ捕らえる算段)

部屋の誰もの脳裡に走った。

行灯の炎が大きく揺れている。

「大丈夫だ、任せておけ。ともかくやるのだ。いいか、お甲に左源太。盆茣蓙の場はおまえたちの働き次第だぞ」

「へい、龍兄イ」

「旦那がついていてくださるなら、あたしは」

左源太とお甲は返す。この場では、龍之助も旦那より兄イと呼ばれるほうが似合っている。予想外の事態に、座の差配は大松の弥五郎から龍之助に移ったようだ。

物見がまた帰ってきた。

「盆は順調に進んでおりやす」

「よし。お甲、左源太、行け」

「へい、兄イ」

龍之助が言ったのへ左源太が腰を上げ、お甲がつづいた。

弥五郎も伊三次も、緊張を面《おもて》に刷《は》いている。無理もない。お甲か左源太、それに龍之助のいずれかに手違いが生じ騒ぎになったなら、それこそ神明町全体に奉行所の手がなだれ込んでくるのだ。

（まさか、緑川の甚左は……）

フッと弥五郎の坊主頭の脳裡に走った。

「へっへっへ。この町で賽《さい》の音とは久しぶりでござんすねえ。ちょいと遊ばせておくんなせえ」

慣れた口調で入ってきた職人姿のうしろに、

「あたしもちょいと手慰みを」

つづいて姿を見せたのが、若くて美形の女性《にょしょう》とあっては、

「おーっ」

奥の胴元も壺振りの男も客衆も、しばし手をとめた。駒集めの若い衆など、口をポカンと開けお甲に見入っている。

そこはさすが座を取り仕切る胴元の甚左か、襖を開け放った向こうの座から、

「こいつあ座に花が咲いたようだ。お姐さん、歓迎いたしやすぜ。そちらの兄さんの連れですかい。さあ、遊んでいってくだせえ」

座を元に戻した。

「どうりであんた、見た顔だと思ったらこの町の」

左源太に声をかけてきた壺振りは、左源太と路地で言葉を交わしたあの男だった。

「おっ、あんたでしたかい。この町で賽を振ってくださるお方がいりゃあ、どなたでもいいってもんでさあ」

左源太はとっさに返した。この町の堅気で博打好きの者とあっては、甚左一味にはありがたい客である。大松一家を刺激するのにいい餌《えさ》となる。

そのほか甚左の手の者のなかには左源太を、

(この男、一度見たような)

思った者がいるかもしれない。去年の秋、おなじ神明町の賭場で見ているのだ。だが、島送りがこうも早く帰ってきているとは思わない。それよりも、皆の関心はお甲のほうに向いているのだ。壺振りの向かいに二人の場が開けられ、百目《ひゃくめ》蝋燭《ろうそく》が四本も立てられた贅沢な部屋に賽の転がる音がふたたびながれはじめた。

「五《ぐ》・二《に》の半」

「四《し》・六《ろく》の丁」

緊張のなかに茣蓙へ伏せた盆が開くたびに、客たちの歓声と悔しさの溜息が交差する。

勝ち、負け、また勝ってはまた負けるなかに、

(餡《あん》入《い》りの賽じゃない、壺振りも技巧を凝らしていない)

お甲はすぐ横で駒を張る左源太に合図した。イカサマは使われていない。胴元はきょう一日、客をたっぷり遊ばせ、そのうえで大松一家の出方を待つ算段のようだ。

(へへ、そのほうが仕掛けやすいぜ)

左源太の思いはお甲に伝わった。

(兄《あに》さん、そろそろ)

お甲は左源太に合図を返した。

紅亭でも、

「そろそろだろう」

龍之助が腰を上げ、はずしていた大小を腰に差しなおすと、

「そのようで」

伊三次がつづき、大松の弥五郎が、

「旦那、こちらの手筈《てはず》もととのえておきやす。くれぐれも……」

龍之助の背に声を投げた。

もみじ屋の賭場では、お甲も左源太も勝ったり負けたり、まわりの堅気衆と同様、心底《しんそこ》盆茣蓙を堪能しているように見える。

「あぁあ、張るばっかりじゃ肩が凝ってくらあ。どうです、あっしに振らせていただけませんかい」

不意に職人姿の左源太が、奥の間に陣取っている緑川の甚左に愛想笑いを向けた。生きのいい客が飛び入りで賽を転がすのは突飛《とっぴ》なことではない。座興として、また賽に種も仕掛けもございませんとの証《あかし》を立てるためにも、客から申し出があれば、

「ほう、お客人。やってみなさるかい」

と、胴元は頷く。ここで断れば、イカサマの疑念を持たれる。

このときも緑川の甚左も貫禄のある体軀で、

「この町のお方でござんすねえ。試してみなさるかい」

「えっ。だったら失礼ですが、そちらの姐さんにお願いできませんでしょうかねえ」

すかさず声が入った。お店者風の客だった。折りこみ済みである。盆茣蓙に女の客がいるのは珍しいことではないが、それが壺を振るとなれば、

（おもしろい）

思わぬ者はいない。

「えっ、あたしが？」

お甲の戸惑ったような声に、座からはさらに同意の声が上がり、

「ほぉう」

緑川の甚左も応じ、

「弥助《やすけ》。代わって差し上げろ」

仁左の両腕の一人で、壺を振っていたのは弥助という名のようだ。盆は弥助からお甲の手に移った。

「さあ、お客さまがた。見るところ、間違わないでくださいましよ」

片膝を立て、壺と賽を構えたお甲の姿に、

「おーっ」

その手馴れた所作に、甚左を含め座の者は声を上げた。

始まってからすぐであった。左源太の膝の前に駒が集まりはじめた。左源太には次に出る丁半が分かっている。百発百中とまではいかないが、七割か八割がたは思ったとおりの目が出るのだ。その確率は、餡入りの賽を使ったときに等しい。

（おかしい）

まっさきに気づいたのは甚左と弥助であった。

そのときだった。外から入ってきた使い走りの男が甚左にそっと耳打ちをした。

「裏手に同心の旦那がお出《い》でです。なにやら手違いが生じたからと」

「なに、手違い？」

いままさに目の前で〝手違い〟か、思わぬ事態が進行しているのだ。

「よし、分かった。吾平《ごへい》、ついてこい」

「へい」

甚左の横に控えていた男が、つづけてそっと立った。左源太はその男が、

（おっ、深川で甚左にくっついてた野郎だ）

部屋に入ったときから気づいていた。

左源太は部屋を出る甚左と吾平を横目でチラと見て、

「……丁」

出た目は半だった。

「おーっ」

周囲から驚きとも快感ともつかぬ声が上がった。これまで勝ちつづけていた職人の客が、一回で大半をすってしまったのだ。

（この二人、イカサマではない）

空気が部屋にながれ、お甲の手元を注視していた弥助も疑念を解いたようだ。

「くそーっ、もういっぺん運《つき》を呼んでやるぜ」

「さあ、どちらさんもよござんすか」

座にはいっそうの緊張がみなぎり、甚左と吾平がそっと部屋を出たことを気にとめる者はいなかった。

七

暗い。

おもてに灯りはあっても、裏にまわれば闇が一帯を覆っている。

盲縞《めくらじま》の着流しに黒い羽織……離れれば人の立っているのさえ見えないが、息を感じるほどに近づけば顔の見分けもつく。その目立たぬ服装と二本差しの同心姿に、緑川の甚左は警戒感を解き、

「奉行所のお方で？　見かけねえお人のようですが」

「あゝ、深川は俺の担当ではないからなあ。佐々岡さんの代わりと思ってくれ」

闇のなかに声をかけた緑川の甚左に、龍之助の押し殺した声が応じた。深川の地名、それに田嶋重次郎よりもその配下の佐々岡の名が出たことに、甚左は信用を持ったようだ。背後の吾平も同様である。

「賭場にみょうなのが紛れ込んだと手先から知らせが入ってなあ、腕のいい女の壺振りらしい。詳しくは直接聞きな、そこに来ている」

「えっ、やはり」

甚左は頷き、くるりと背を見せた龍之助に従った。吾平もつづいた。

もみじ屋の裏木戸を離れ、角を一つ曲がった。

人影はない。

「どこですかい、旦那」

「ここだ」

龍之助は向きなおった。ほかに人影はない。

「えっ」

甚左と吾平は顔を見合わせた。ようやく疑念を感じたようだ。

龍之助はかぶせた。

「奉行所とつるむなどなあ、おなじ奉行所の者が許さねえぜ」

「ん？　てめえ、いってえ！」

甚左の声に背後の吾平は身構え、ふところに手を入れ匕首《あいくち》をつかんだ。一歩うしろのせいかかえってその目には龍之助の動きが見えた。

「だから言ったろう、奉行所の者がってよ」

声と同時にその影は腰の刀を素《す》っ破《ぱ》抜いたと見るや背後に跳び下がりざま刃《やいば》を甚左の首筋に一閃させた。

「うぐっ」

呻《うめ》きとともに大柄な甚左の身が崩れ、突然の血のにおいとともに龍之助と吾平のあいだはただの空間のみとなり、

「ああっ」

吾平が恐怖を覚えたときには血刀とともに跳び退《すさ》った影が逆に反動をつけたか自分に迫ってきたのを感じた。その刹那《せつな》に引くことも出ることもできぬまま、

「おおぉぉっ」

左脇から右首筋に強い刺激を受けるのと同時に、風が脇を走り抜けるのを感じた。吾平の発した言葉はその呻きだけだった。身は崩れ、即死に近かった。

「す、すげえ！」

物陰から、その動きを見ていた一群があった。一人が声を発し、ほかはあまりにもの衝撃にただ立ち尽くしている。伊三次と大松一家の若い者数名である。龍之助の影はもう見えない。逆袈裟《げさ》斬りに吾平の脇を駈け抜けたまま歩を元に戻し、振り返ることもなく刀を鞘に収め闇のなかに溶け込んでいった。一連の機敏な動きが、的確に対手を斃《たお》すと同時に返り血を浴びない技であったことには、伊三次も気づいていない。

「行くぞ」

「へい」

われに返った伊三次の声に配下の若い衆は音もなく二つの死体に走り寄った。その後の動きにも物音を立てることはなかった。

もみじ屋のなかでは、

「……丁」

「……半」

盆茣蓙は弥助の差配でまだつづいている。壺はお甲だが左源太の駒は増えたり減ったり、ほかの客にも弥助にもなんら疑念を与えていない。

（どうしたのだろう）

戻ってこない甚左と吾平に弥助は心ノ臓を高鳴らせはじめたが、座は女壺振りの思わぬ出番に佳境《かきよう》のおとろえることはなかった。

街道のところどころに明かりが見える。龍之助は帰途についている。まだ軒提燈を降ろしていないのは飲食の店であろう。龍之助は提燈のないまま、足元に気をつけながら雪駄に音を立てている。旗本の檜山屋敷は、いま通り過ぎた町家の裏手である。

「ふふふ。神明さんの門前から、誰も走ってこねえよ」

呟《つぶや》いた。

屋敷のなかではたすき掛けに鉢巻《はちまき》、御用提燈に火も入れ、駈け込みがあり次第討ち出す用意を整えているはずだ。

「田嶋さま。今宵は釣れなくとも、あしたには喰いついてきましょう」

「それでよい。ともかく甚左たちには縄をかけるな。まだ使える男だからなあ」

「はい。神明町をあてがってやれば、ますます金のなる木に……」

「ふふふ。目に余るようになるまではな」

龍之助の足は、もう檜山屋敷に入る枝道をかなりあとにしている。

振り返った。

「きょうはおめえさんがた、思いがけず多人数だったので、つい臆してしまったがなあ、これで許したわけじゃねえぜ。これが俺の決めた道ですよ、田嶋の旦那」

低く、声に出した。

紅亭の部屋へ戻ってきた伊三次に、

「そうかい。さすがは室井道場の師範代までやんなさった旦那だ。きょうのことも、あのお方にしかできねえことだ」

大松の弥五郎もようすを聞き、驚愕のなかにもつとめて落ち着いた口調をつくっていた。

「ですが、田嶋重次郎と佐々岡佳兵太には、手が出せやせんでしたが」

「なあに、鬼頭の旦那が別の新たな手立てを考えてくださろうよ。お甲さんと左源太どんはまだ戻ってこんかい」

「へえ。まだ丁半をお楽しみのようで」

「ふふふ。あの旦那も、おもしろい岡っ引を手にしておいでのもんだ」

「さようで」

街道の点々とした明かりにくらべ、神明町にはまだ脂粉の香とともに酔客たちのさんざめきがつづいていた。

三　異　変

一

「……ん？」
鬼頭龍之助は奉行所の門を入るなり、思わず足をとめた。
昨夜遅く帰った八丁堀の組屋敷を、茂市とウメに見送られ、
（田嶋さまや佐々岡さん、神明町からどんな顔で引き揚げたやら）
思いながら呉服橋御門内の北町奉行所に出仕したところである。
なにやら慌《あわただ》しい。
（まさか、昨夜の件……）
一瞬脳裡を走ったが、

（あり得ない）

打ち消した。捕方《とりかた》が勇んで出役《しゅつやく》し、獲物がなく引き揚げるのはさほど珍しいことではない。だからといって翌日に奉行所が慌しくなるなど、みょうなことだ。まして昨夜の件は大松の弥五郎が、

（痕跡もなく）

消し去っているはずである。

だが、

（この異様さ）

気のせいではなく現実なのだ。いまも顔見知りの与力の若党が、奉行所の門を駈け出ていった。呼びとめようとしたが、若党は慌てているように走り去った。あるじの忘れ物を取りに帰るにしても、奉行所の正門を走り抜けるなど緊急のとき以外ないことである。

同僚の定町同心が出仕してきた。正面玄関や脇玄関にせわしなく動く人の姿があることに、

「やあ、鬼頭さん。これはいったい？」

「いま私もそれを……。おい、何かあったのか」

同僚に返し、梵天帯に六尺棒の門番に訊《き》いた。いつもは二人だが、きょうは四人も出ている。

「分かりません。ただ、与力のかたがたが不意の寄合《よりあい》とかで早くに出仕され、わたしらにも、お奉行の緊急登城があるかもしれぬゆえ待機しておけとのことで」

「えっ。われわれも急ぎましょう」

六尺棒の一人が応えたのへ、同輩が龍之助をうながした。

「おう」

急いだ。

屋内もなにやら緊張がただよい、同心溜りへ向かう廊下で、すり足の佐々岡佳兵太とすれ違った。

「あっ、佐々岡さん」

思わず龍之助は声をかけた。佐々岡はじれったそうに、

「なんだ。そなたら定町廻りの」

「はい。何かありましたので？」

「分からん。急な出役のようだ。そなたらもな」

定町同心二人を交互に見て、すり足のまま通り過ぎて行った。

「…………？」

「……ふむ」

龍之助は同僚と首をかしげ合い、奥の定町同心溜りに急いだ。佐々岡が〝分からん〟と言うのでは、

（昨夜の件はやはり関係なし……だな）

安堵を覚えると同時に、

「ふふふ」

すり足で急ぎながらも、秘かに含み笑いをする余裕を得た。しかも佐々岡は目の下に隈《くま》を浮かび上がらせ、終始しばたたかせていた。明らかに寝不足の疲れ目である。きょう未明に神明町から引き揚げ、寝ついたところを筆頭同心とあって与力と同様、奉行所から緊急出仕の連絡を受けたのであろう。

ならば、与力たちの早朝出仕は……。

「なんでございましょうねえ、きょうは」

言いながら部屋に入った。怪訝《けげん》そうな面持《おもも》ちが一斉に襖《ふすま》のほうへ向いた。何かを待っているようだ。

「なぁんだ」

入ってきたのがいつもの同僚だったことに、気が抜けたような声がそこに洩れた。

「さっき使い番が来て、同心は全員待機せよ、と」

「さっぱりわけが分からん」

さらに言う声がある。

龍之助もその仲間に入り、

「いったい……」

言いながら、お茶を飲む以外にすることがない。どの定町廻りからも昨夜の神明町の話が出ない。

（やはり事件は何もなかったことになっているようだ。

「おぉお」

龍之助とおなじ部屋の同心たちが、一斉に首を伸ばし襖のほうを注視した。廊下のほうが不意に慌しくなったのだ。

達しがあった。

「えっ、一斉に？」

であった。

定町同心にとって市中巡回はいつもの仕事だが、平時に全員がいちどきになど、これまでなかった。奉行所の捕方たちが忙しく準備を始めるなか、小者たちが八丁堀の組屋敷に走った。同心たちの下男を呼びに行ったのだ。見廻りのときの挟箱持である。事前に予定が組まれているときは、どの同心も出仕のときに連れてきて正門脇の同心詰所に控えさせておくのだが、それ以外は屋敷に返している。

「あのう、隠密同心もでございましょうか」

待つあいだ、指示を出した直属の与力に龍之助は訊《たず》ねた。

「あゝ。隠密組はもう出払った」

さきほど慌しく感じたのは、その者たちの動きだったようだ。

「それも、一斉にな」

与力はつけ加えた。

もちろん、理由を質《ただ》した。

「ともかくだ、いつものように通り一遍ではなく、丹念にだ。心してかかれ」

〝心して〟と言われても、何に〝心する〟のか分からない。それ以上の下知《げじ》もない。与力たちも、奉行の曲淵甲斐守からそう言われただけなのだろう。その奉行が、

「ご登城ーっ」

玄関に声が響いたのは、用意を整えた定町廻りの同心たちが奉行所を出はじめたころだった。まだ太陽は東の空である。龍之助も挟箱持の茂市、それに梵天帯に木刀一本を差した中間《ちゅうげん》姿の捕方二人を従え脇に寄った。茂市や捕方たちは片膝をついている。奉行は駕籠ではなく騎馬で、従う与力も乗馬で三騎、それぞれの若党や中間たちはなかば駈け足で奉行所の門を出て行った。

従った与力のなかには、隠密束ねの田嶋重次郎もいた。

やはり他の同僚二騎とは異なり、颯爽《さっそう》と騎乗しているのではなく疲れた表情で揺れていた。

騎馬の一隊が奉行所を出たあとも、見送った者たちはしばし呆然と立っていた。

「さあ。なにやら知らんがわれわれも」

居合わせた定町廻り同心の声に、

「おう」

龍之助も茂市たちをうながした。

持ち場の四ツ谷へ出るには街道を経て神明町を通る。

「なんですろ、きょうは。風烈廻《ふうれつまわ》りでもありますまいに」

単衣《ひとえ》の着物を尻端折に挟箱をかついだ茂市が、背後から問うように言う。茂市も隣や向かいの下男たちと一緒に奉行所へ駈けつけ、きょうの異様さを感じたようだ。風の強い日なら一斉に火の用心と、舞い上がる土ぼこりに乗じて盗賊が出没するのを警戒するため、このときは与力一騎に同心二名に捕方数名、挟箱持が一組になって町々を巡回し、風の具合によっては昼夜廻りになることもある。

風は夏のそよ風だ。陽射しがきつい。

「旦那さま、一文字笠を用意しておきましたじゃ」

「おう、さすが茂市。気が利くのう」

けさ、日の出に起きたときから、

(——おっ、夏が来た?)

急な暑さを感じたのが、異常の始まりだったのかもしれない。

茂市が街道で足をとめ挟箱を開けたのは、ちょうど神明町で旗本の檜山屋敷へ入る枝道のところだった。つぎの枝道が、檜山屋敷とは街道を挟んで逆方向だが神明町の通りである。

(寄ろう)

思いというよりも衝動に近いものが走った。だが、控えた。茂市はともかく、奉行所の捕方が二名同道しているのだ。

定町同心が一人で微行《びこう》するときは、あっちの街路、こっちの路地と自儘《じまま》に歩くが、文字どおり奉行所の捕方や下男の挟箱持を引き連れての定町廻りは、毎回の道順が決まっている。

二

どの町でも岡っ引は慌てたことだろう。朝から奉行所の小者が町々の自身番に走って不意の定町廻りがあることを知らせたが、そのとき同心の案内役に立つのは岡っ引である。この日を知らなかったでは、明日から岡っ引の役目はつとまらない。なにしろ同心から手札をもらい、その耳役になっているのだから……。逆に同心一行を町角で待ち受け、先頭に立って自分の存在を誇示する。いわばその日は、岡っ引の晴れ舞台となるのだ。

どの町も自身番には、町役《ちょうやく》数名に書役《かきやく》が常時詰めている。おもてに面した腰高障子には〝自身番〟の文字と町名が大きく墨書されている。

「へい、こちらでございます」

順序が決まっていても岡っ引は案内役の体裁をつくる。単なる形式ではない。自身番のなかでは聞きなれた岡っ引の声に、定町廻りの来たことを知るのだ。

同心は挟箱持や奉行所の捕方を従えたまま、

「番人！」

声をかければなかから、

「はあーあ」

「町内に何事もないか」

人別帳に変動や揉め事があればこのとき報告するのだが、変事というほどのものがなければ、

「へえーえ」

「よーし、つぎ」

「へい」

岡っ引がまたつぎへと先頭に立つ。

人別帳の変動や簡単な揉め事など、あったとしても町役が処理しており、同心は報告を聞くだけで不審がないかぎり問い質《ただ》したりはしない。

通りかかった住人たちも、

「ご苦労さまでございます」

腰を折り、つぎの町へ進む廻り方の一行を見送るだけである。

龍之助もそうした定町廻りにすっかり慣れており、左源太とお甲は別格で、担当の四ツ谷では前からの岡っ引にそのまま引き継がせ、役務を遂行している。

だがきょうは、町役の〝へえーえ〟の声のあと、

「慥《しか》と相違ないな」

念を押していた。わけは分からないが〝丹念に〟とのお達しなのだ。

神明町の自身番では、腰高障子の向こうから、

「まこと、相違ないか」

声を入れられたとき、詰めていた伊三次はドキリとした。伊三次は町役などではない。町役とは町の大店《おおだな》のあるじや地主たちで構成し、いわば奉行所の委託を受けた自治組織の取締り役で、自身番の経費もすべて町で賄《まかな》っている。

けさがた奉行所の小者が神明町の自身番にも走り、しかも急な定町廻りがあるというのでは、寺社の門前町とはいえ奉行所の動きを気にせざるを得ない。

「――旦那方、よございましょう」

と、大松の弥五郎に頼まれれば町役たちは断りにくい。

「――あまり目立たないでくださいましよ」

と、町役たちは応じ、伊三次が書役のような顔をして詰めていたのだ。

「町にー変事のないこーと、相違ございませーぬ」

町役の一人が返した。嘘ではない。町の者は、昨夜町内で二人葬《ほうむ》られたことを知らないのだ。

「慥とであるな」

「へぇーえ」

町役がふたたび返すと、

「よーし、つぎ」

声が聞こえてきた。

昨夜、賭場は明け方近くになってようやく閉じた。賽《さい》を振りつづけたのはお甲だった。客の誰かが大負けしたり大勝ちしたりしないようにうまくさばいた。客はいずれも予期せぬ色っぽい盆茣蓙を堪能したはずだ。左源太は弥五郎から預かった資金をすってしまい、苦笑いしていた。

あのとき部屋に残った弥助は、なかなか戻ってこない緑川の甚左と吾平に気が気でなかった。

「――おう、盆はあの姐さんに任せ、俺はちょいと外の空気を吸ってくるぜ」

若い者に言い、裏手から出てもみじ屋の周辺を歩いたのは、伊三次が大松一家の手の者を使嗾《しそう》し、甚左と吾平の死体を片付け、路上の血の痕《あと》もすっかり消し去ってからだった。当然、怪しむべき人影もない。

（――どうしたことだ？）

思いながら部屋に戻り、不安を覚えながら、

「――どちらさんも、よございますか」

お甲を頼りに、盆茣蓙をつづける以外なかった。そうした状況下に座を明け方近くまで持ちこたえたのは、見事な采配と言わねばならない。

龍之助らは、もし昨夜、旗本の檜山屋敷に待機したのが風烈廻り程度の人数だったなら、甚左らに騒ぎを起こさせて田嶋と佐々岡を誘い込み、隠密組と緑川一味の〝同士討ち〟をつくりだす算段だったのだ。そのとき、

（騒ぎに乗じ、龍之助が田嶋と佐々岡を斃《たお》す）

騒ぎなら、お甲と左源太がどのようにでもつくりだす。そこへ自身番の要請で大松一家が出て緑川一味の数人を生け捕って奉行所に突き出せば、取り調べは定町廻りの与力となる。その口から双方結託の真相がすこしでも見えれば、奉行は事件の隠蔽《いんぺい》を

図ることになろう。それが狙いなのだ。杜撰《ずさん》かもしれない。だが龍之助には、

(いざとなれば老中に……)

　思いがあった。

　ところが昨夜、檜山屋敷に集結した〝敵〟はそのような策を凌駕《りょうが》し、神明町そのものを押し包むほどの人数だったのだ。龍之助も大松の弥五郎も躊躇《ちゅうちょ》が先に立ち、一方のもみじ屋では、夜明け前に弥助が高まる不安のなかに、

「――どちらさんも、またのお越しを」

　混乱を起こさず盆茣蓙に幕を引き、客たちは満ち足りた気分で帰路についたのである。お甲と左源太から報告を受けた大松の弥五郎は、

「――弥助っていうのかい。なかなかやるじゃないか」

　緊張を残した表情で言っていた。

　その弥助が夜明けてから暫時もみじ屋にとどまり、用心深く若い者をまとめ粛々と引き揚げたことを、大松一家の若い者が確認した。そのときに、自身番へ奉行所の小者が走り込んできたのである。

　その自身番のなかで、

「では旦那、つぎの町へ」

岡っ引の声を聞き、伊三次はホッと胸を撫で下ろした。その足で日本橋、永代橋と越え、深川の万造に事の次第を知らせた。

「緑川一味の残党はこっちの塒《ねぐら》で逼塞《ひっそく》しており、動きがあればすぐに知らせやす」

深川の万造から神明町の伊三次に連絡があったのは、太陽が中天をすこし過ぎた時分であった。奉行所の定町廻りたちはいつもより〝丹念〟に声をかけ、まだ町々をまわっている。

常のことだが、午《ひる》時分にあたった町は災難である。昼餉《ひるげ》の接待は、町の出費となるのだ。龍之助もその慣習には従ったが、馳走《ちそう》を強要することはなかった。町役たちが恐縮するほど、小体《こてい》な蕎麦屋か一膳飯屋で済ませていた。以前からの岡っ引が、

「――旦那。前はほれ、この向こうの割烹《かっぽう》でしたぜ」

不満顔に言ったことがある。日ごろの岡っ引たちの行状が垣間見《かいまみ》える。龍之助は叱り飛ばした。

「――へへ。あっしはそんな堅気の衆にたかるようなことはしやせんよ」

左源太は言っていた。もっとも左源太は一定の縄張を持った岡っ引ではなく、お甲と同様、岡っ引にも〝隠密〟というのがあればまさにそれなのだ。龍之助にとって弥五郎も伊三次も、

(俺の隠れた岡っ引)思っても不思議はない。実際にこの面々が、四ツ谷ではないが神明町に騒動が起きるのを防いでいるのだ。

陽がかたむきかけたころ、定町廻りの同心たちが、呉服橋御門内の北町奉行所につぎつぎと戻ってきた。もちろん龍之助もそのなかにいる。

報告が定町与力たちに集まる。いずれも、

「取り立てて変わった動きはありません」

であった。

「そちらはどうでござった。神明宮や増上寺がひかえてござるが」

同心溜りで龍之助は帰り支度をしながら同僚に訊いてみた。神明町で伊三次をドキリとさせた、あの同心である。

「おなじでござるよ。それにしても、なんでござったろう。一斉の定町廻りとは」

奉行の曲淵甲斐守はまだ城から戻っていない。隠密同心の溜り場をのぞいてみた。田嶋配下の隠密同心らは出払っている。ちょいと廊下ですれ違った隠密同心に、

「ずいぶん動いておいでの組もあるようですなあ」

「あゝ。田嶋さまの組かのう。筆頭の佐々岡さんも、さっき帰ってきたと思ったら、数人でお店者《たなもの》や大工職人を扮《こしら》え、また出ていった」

立ち話での聞き込みでは、

「どちらへ」

とまでは訊かれない。もっとも行く先は分かっている。昨夜の状況を佐々岡佳兵太が異状と感じていないはずはない。察知したのはしかし、〝異変〟があったらしいとのことのみで、

「何がどのように」

さっぱり分かっていないはずだ。

隠密同心らの探索は当然、

(神明町)

であり、佐々岡は単身、深川に微行していようか。

それらを龍之助が脳裡にめぐらしながら奉行所を出て、八丁堀の組屋敷に戻ったのは、まだ太陽のある時分だった。

左源太が来ていた。

神明町のようすに龍之助は安堵し、左源太も奉行所の動きに、

「隠密同心ですかい。さっそく伊三次さんに気をつけるよう話しときまさあ。深川は万造さんでやしたねえ、もう佐々岡の動きをつかんでいるかもしれやせんや。これからじっくり揺さぶってやりましょうや」

自信ありげに言う。自分を虫ケラのように島送りにした連中なのだ。大松の弥五郎も向後の策を立てたらしい。それを伝えるため、左源太は八丁堀まで来たのだった。

その内容に、

「ふむ。おもしろそうだ」

龍之助は頷いた。お甲はまだ数日、神明町の紅亭に泊まるようだ。

三

陽が落ち宵闇が降りはじめれば、武家地の八丁堀はもう静寂のなかである。神明町のことよりも、奇妙だったきょうの一斉廻りの理由が分からない。

（あしたになれば……）

思いながらも、

（いまごろは……）

龍之助の脳裡はふたたび神明町に移った。

そこでは、左源太が龍之助に知らせたとおり、触れ役が街に出ていた。いずれも大松一家の若い衆だ。日暮れとともに賭場が開帳された。もみじ屋の賭場である。胴元の座に悠然と構えているのは弥五郎で、

「どちらさんもよござんすか」

壺を振っているのは伊三次であり、お甲が次の間に控えている。客たちは、

「きのうの姐さんは」

と、その出番を待っている。噂が人を呼んだか、客の数はきのうより増えていた。どの客も、胴元が入れ替わったことなど気づいていない。きのう、揉め事は何もなかったのだ。きょうの盆はきのうのつづきである。なじみの左源太も職人姿で、

「……丁、いや……半だ」

楽しみながら駒を小刻みに張っている。

きょうの昼間、まだ奉行所の同心たちが一斉廻りをしているころだ。大松の弥五郎はもみじ屋の女将もみじを紅亭に呼びつけていた。かなりの年増だが、元芸者だけあってその面影はとどめている。だが深川芸者の気風《きっぷ》はどこへやら、青菜《あおな》に塩のようにうなだれている。無理もない。いまごろ緑川の甚左や吾平と一緒に江戸湾に沈んでい

ても不思議はないのだ。

「――商《あきな》いはつづけねえ、何事もなかったように」

弥五郎はもみじに言った。もみじ屋はそのままに、周囲の堅気衆がまったく気づかないなか、緑川一味の開いた賭場を引き継いだのだ。奉行所与力の田嶋重次郎の差配で開いた賭場を、乗っ取ったのである。

一方、深川に微行した田嶋配下の佐々岡佳兵太は、やはり弥助と接触していた。神明町で難を逃れた弥助は、いま深川の塒《ねぐら》で残党の束ね役になっている。それを察知した深川の万造は、さっそく神明町に知らせていた。万造はその現場にまでは聞き耳を立てられないものの、神明町ではその内容は分かっている。

「いまだ甚左と吾平の行方は分からぬと申すか」

「へい。面目もありやせん」

すでに佐々岡佳兵太と弥助は、

(二人ともこの世には……)

脳裡にある。疑わしいのは当然、大松一家だ。しかし、状況の分からないまま迂闊《うかつ》に手は出せない。

夜が更《ふ》けるのとともに、神明町のもみじ屋の賭場が、

「開かれております」
　隠密同心の報告が、すでに奉行と一緒にお城より戻り、八丁堀の組屋敷へ帰ってい
た田嶋重次郎の許《もと》に伝えられた。客を装って胴元の顔を確認した同心によれば、胴元
も壺振りも昨夜とは異なっている。だが、踏み込めない。開帳が分かっていても、当
初の目論見とは異なっているのだ。大松一家がどこまで、緑川一味と隠密与力との関
わりを把握しているか不明である。一網打尽にするのは容易だ。だが、それらが何を
白洲で喋りだすか……、
（知れたものではない）
　深夜になった。
「深川で、弥助は怯《おび》えながら逼塞《ひっそく》しておりますが、土地の貸元どもに、これを機に甚
左の残党を押しつぶそうとする動きはまだ見られません」
「深川の連中も、神明町での事態がまだ分からぬと見えるな」
　与力の組屋敷で、田嶋重次郎はお店者姿の佐々岡佳兵太から報告を受けていた。お
なじ八丁堀でも、同心が俸禄三十俵二人扶持で拝領地も百坪なのに対し、与力は二百
石取りで三百坪の敷地を拝領している。
　俸禄三十俵といえば身分は武士でも極貧に属し、二百石でも裕福とはいえず女中や

中間が内職をしているのも珍しくはない。だが、町奉行所の役人となれば、いわゆる〝八丁堀の旦那〟ということで俸禄のほかに実入りが多く、田嶋屋敷などは一歩なかに入れば調度品からも六百石から七百石の高禄旗本の生活ぶりが窺える。敷地百坪の佐々岡屋敷も、内実のきわめて豊かなことを茂市やウメが下男や下女仲間から聞き及んでいる。

そうした生活の一環であろうか、この二人が談合するとき酌み交わす盃《さかずき》にも上方《かみがた》の樽の香が染み込んだ高価な酒が出され、暑さにさりげなく開いた扇子も京の優雅な作であり、座そのものに八丁堀のほかの屋敷には見られない贅沢がながれている。

「おそらく」

佐々岡佳兵太は朱塗りの膳に盃を置いた。

「いずれにせよじゃ」

田嶋重次郎はゆっくりと言葉をつづけた。

「かくなっては、甚左の一味はもう使えまい。いい潮時かもしれぬ。一介の駒になっておればいいものを、己の縄張が欲しいなどと欲を出していたからのう」

「御意《ぎょい》」

「潮時といえば、弥助とやらはわれらの作法を知りすぎたのではないか」

「……ならば」

「さよう」

田嶋重次郎の手の扇子が、パチリと音を立てた。

「早いほうがのう……。神明町の調べはそれからだ。じっくりと、慎重に消していかねばならぬ。俺たちが江戸の闇を牛耳《ぎゅうじ》るのは、もうすこし既存の与太どもを始末してからだ。土地の貸元か……、まったく目障りなやつらよ」

田嶋の声が、低くながれた。

四

翌日、仕事への熱心さを示すためか、

「ともかくだ、われらの任務は……」

と、定町同心で市中へ微行する者が多かった。

（わけも分からず、何を探索しようというのだ）

龍之助はそれらの同僚を見送り、書庫に向かった。例繰方《れいくりかた》同心に、

「市中見廻りを効率的にやろうと思いましてな。これまでの咎人《とがにん》を調べさせてもらい

ますよ」

断りを入れ、なかに入った。いつも人気《ひとけ》のない書庫に、

「おっ」

先客があった。佐々岡佳兵太だ。隅の文机《ふづくえ》に七、八冊の記録綴りを積み上げ、丹念にめくっている。

調べているものはすぐに分かった。龍之助の見たい資料が、すべて佐々岡の文机に集められていたのだ。賭博関係の始末書類である。

「ほう、佐々岡さんもですか。私の範囲は四ツ谷ですが、重点を絞ろうと思い、それの参考資料を。よろしいですか」

声をかけ、文机の前へ座り込んだ。

(避けるのはかえって不自然)

とっさに思ったのだ。

「おぉ、定町の鬼頭か。お互いにな」

佐々岡は悠然と応じた。離れなかった成果というべきか、佐々岡の調べているものがさらに詳しく分かった。咎人の名を書き写している。賭博で捕縛され、刑を終え放免になった者たちだった。

（甚左に代わる捨て駒さがし？）

龍之助の脳裡はめぐった。

佐々岡は収穫があったのか、

「では、お先に失礼するぞ」

「あ、私はもうすこし。資料は手前が片付けておきますゆえ」

「そうか」

席を立った。

龍之助は自分自身の調べにかかった。

あった。隠密同心扱いで、田嶋与力裁許の件《もの》である。つぎつぎと出てくる。遠島だけではない。死罪になった者もいる。いずれも狙いを定め、緑川一味を使嗾《しそう》して策に嵌《は》めたのだろう。手違いが生じ、早々に島流しになったのは左源太一人だった。

視線を文机から部屋の出入り口のほうへ向けた。佐々岡佳兵太は、つぎの駒になりそうな者を写し取っていたのだ。

「それが、おめえらのつぎの岡っ引ってことかい」

呟《つぶや》いた。

一日中、龍之助は奉行所にいた。田嶋重次郎と佐々岡佳兵太の動きを注視していたのだ。佐々岡が微行に出れば、あとを尾けるつもりだった。出なかった。だが、配下の隠密同心たちは出払っている。おそらく神明町に集中しているのであろう。このほうに心配はいらない。大松の弥五郎が十分に注意を払っているであろうし、昼間の左源太は裏店で薄板削りの職人に徹し、お甲は紅亭から出歩くことはないだろう。

奉行の曲淵景漸はきょうも登城したが、きのうのようなものものしさではなかった。陽がかたむきかけた。おとといのような、出役の動きはない。もみじ屋での開帳はきょうまでと聞いている。平穏に終わりそうだ。

微行していた同僚の同心たちが帰ってきた。

「一向に変わったようすはないがのう」

いずれもが言う。

「ははは、私はあした見廻る準備をしておりましてのう」

「なるほど」

などと、同僚たちは相槌を打っていた。

まさに龍之助は重点を絞っている。

股引《ももひき》に腹当《はらあて》、法被《はっぴ》を三尺帯で締め、紐つきの足袋《たび》である甲懸《こうがけ》を手に、出かけようとする佐々岡と廊下で出会った。もちろん出会うように龍之助が同心溜りを出たのだ。

その大工職人の風体に、小脇に抱えている菰包《こもつつ》みは明らかに刀である。甲懸をはけば足袋跣《たびはだし》だ。武士が絞り袴に具足をつけ襷《たすき》を締めた出《い》で立ちより軽い動きができる。

龍之助は直感した。

(斬り込み)

だが、どこへ……。

裏手から外へ出た大工姿の佐々岡を、龍之助は尾けた。といってもまだ明るく、深追いは困難だ。街道に出て、日本橋の方向へ歩をとったのを確認すると、すぐ呉服橋御門内に戻り、

「これから夜間の微行に出かけてきますよ」

「えっ、これから?」

驚くというよりも、あきれたように言う同僚の声を背に奉行所を出た。そろそろ退出の時刻なのだ。きのうの緊急出役の説明もなければ〝待機〟の下知も出ない。

(俺は緊急出役だが)

心中に呟きながら呉服橋御門を出ると八丁堀に向かった。組屋敷である。

茂市を神明町に走らせた。

——当方、至急につき

大松の弥五郎への言付《ことづ》けである。結び文《ぶみ》も持たせた。ウメには、洗いざらしの袴と塗笠、それに提燈を用意させた。

「きょうは遅くなるゆえ、深川飯は無理かもしれぬなあ」

冗談めいた口調をつくりながら、龍之助は浪人姿になった。

提燈をふところに、冠木門《かぶきもん》を出た。

人通りのない八丁堀の往還で、遅れて奉行所から戻ってきた同僚と出会った。

「ほう、ほんとうに微行のようですなあ」

「ま、そのとおりで」

ニヤリとして言った同僚に、龍之助も軽く笑い返した。これからお忍びの接待くらいに思ったのかもしれない。八丁堀の旦那にはよくあることだ。

日本橋南詰めの茶店に入ったとき、陽は落ちていた。昼間の暑さが急速に引き、さきほどまでの人波が潮が引くように消え、薄暗くなりかけた広場がいっそう広く見える。江戸市中の広場や火除け地では、日暮れてから火を扱うのはご法度《はっと》となっている。屋台店は日の入りとともに他所《よそ》へ移る。路地や脇道ならそううるさくはない。取り締まるのは奉行所の定町廻りだが、路地や脇道は自身番に任せており、どの町でも融通を利かせているようだ。

待った。

佐々岡佳兵太の行き先は分かっている。だが、足袋跣に菰の刀が気にかかる。そうでなければ、行き先の分かっている相手をわざわざ尾けようなどと思ったりしなかったかもしれない。生き残った弥助と向後の話し合いなら、ふところに十手は忍ばせても刀まではいらないはずなのだ。昨夜、佐々岡が隠密束ねの田嶋与力と、

「――いい潮時かもしれぬ……早いほうが……」

会話の交わされたことを知らず、また、

「――江戸の闇を牛耳るのだ」

などとその目的まで口にしていたなど、想像の範囲外であっても、

(捨ておけぬ)

佐々岡の出で立ちには感じるものがある。だから茂市に言付けだけではなく、結び文まで持たせたのだ。

暗くなった広場の脇に、点々と明かりの灯っているのはいずれも常店である。その広場に入った二つの提燈は、龍之助の待つ茶店を間違うことはなかった。

「あそこだ」

「あたし、なんだか緊張してきた」

言ったのは小仏の左源太で、応じたのは峠のお甲である。二人の来るのが遅れたのは、結び文に書いてあったものを準備するのに手間取ったからだった。

神明町の通りから街道に出て日本橋へ向かい、徐々に暗さの濃くなるなかに二人は話していた。

「文《ふみ》を見たときの伊三次さんの顔。驚いたような、くやしいような……」

「そうそう、困ったような……。でも、文に書いてあったものは……」

龍之助が文に認《したた》めたのは、二尺（およそ六十糎《センチ》）か三尺（およそ一米《メートル》）の縄で両端に石を結びつけたもの数本、女物の筒袖に絞り袴であった。

これには大松の弥五郎も伊三次も、

「――あんたら……」

左源太とお甲の顔をまじまじと見たものである。

両端に重りを結んだ縄は左源太の得意技で、

「――山でね、こいつで猪や鹿を顚倒《こんとう》させて仕留めたことが何度かありまさあ」

龍之助と無頼をやっていたころ話したことがあり、実際に披露し、

「――ほう」

と、龍之助を唸《うな》らせたこともある。左源太はそれを、自分で〝分銅縄《ふんどうなわ》〟と名づけて

いる。

　女物の筒袖に絞り袴は、軽業《かるわざ》の衣装である。壺振りの技は指先だけでなく、全身の動きが必要なことを龍之助は見抜き、

「――一度おまえが塀を飛び越えたり、木の枝を登って屋根へ飛び移るところを見たいものだ」

　お甲に言ったことがある。いま、それのできる衣装を着物の下にお甲は着込んでいる。用意はできているのだ。

「今夜、こんなのが必要となるのかしら」

「つまり龍兄イ、じゃなくって龍の旦那はよ、俺たちを大松一家じゃなくて、兄イの岡っ引だってことを弥五郎親分にも伊三次さんにも示しておきたかったのだろうなあ。そこが嬉しいじゃねえか」

「ほんと、きょうの丁半には悪いような気もするけど」

　実際、大松の弥五郎も伊三次も、龍之助の指名が左源太とお甲だけだったことに困惑し、照れ笑いでそれを隠したものだった。だが、分銅縄も軽業衣装も、

「――今夜の賭場、お客さんが残念がるだろうが、鬼頭の旦那が言うのなら、左源太さんの口癖じゃねえが、だっちもねーか」

と、渋々ながらも準備していた。分銅縄は大松一家の若い者が石と縄を用意し、お甲にぴったりの軽業衣装は、紅亭の女将が大松の弥五郎に言われ、町内の古着屋をまわって調達したのだった。

「さあ、あそこだ」

左源太は、龍之助の待つ茶店を提燈で示した。前に伊三次と一緒に龍之助と落ち合い、緑川の甚左らの面を確認に行ったときの茶店である。

待っていた。

「おう、行くぞ」

龍之助は二人が入ってくるのを見るとすぐに腰を上げた。

(深川ではいまごろ……)

心配が募っていたのだ。

急いだ。日本橋も永代橋も、草鞋《わらじ》をしっかりと結んだ足では音がしない。左源太とお甲の持つ提燈の灯りのみが揺れている。もとより左源太もお甲も夜道を歩くのに提燈を必要としないが、持っているのは他人《ひと》に怪しまれないためである。龍之助も、ふところに提燈を用意したのは、浪人姿だからである。浪人が夜の街へ提燈なしに出かけたのでは、辻斬りと間違われかねない。

小走りのまま、

「嬉しいですよう、旦那。きょうはもう」

お甲はワクワクしたような口調で言い、

「へへ、お甲よ。これも以前に俺が龍兄イ、いや、旦那とつるんでいたからだぜ。ありがたく思いな」

「まっ、そんなこと言って」

「はは、左源太よ。俺たち三人だけのときはナ、旦那じゃなく兄イでいいぜ」

二人の提燈にはさまれ、龍之助は言った。

「おっ、そうこなくっちゃ」

「じゃあ、あたしは……龍之助さま、と呼ばせてもらいますよ。ねえ、龍之助さま」

お甲の声がいくぶん甘えたようになった。

が、

「ここですね」

すぐ緊張した声に戻った。神明町を拡大したような、富岡八幡宮の大通りに入ったのだ。巨大な闇の空洞の底に、ポツリポツリと灯りが揺れている。脇からは享楽のざわめきがかすかに洩れてくる。酔客や店の女たちの提燈か、左源太とお甲の手に揺れる灯りも、そのように見えていることだろう。

「で、どこなんですよう」

「このあたりだ」

提燈を手に言うお甲に左源太は返した。緑川一味の塒《ねぐら》は一軒家で、場所は深川の万造から伊三次を通して聞いている。なんと甚左たちが田嶋重次郎と談合していた、あの料理屋の二軒奥である。繁華な枝道ではないが、茶屋や割烹が点在する。その一軒から、龍之助たちは深川の万造の案内で甚左らを見張っていたのだ。

「よし、裏手にまわろう」

龍之助は二つの灯りをうながした。玄関口のある通りでは、おそらく深川の万造ら土地の者が見張りについているだろう。あの部屋から、緑川一味の塒の玄関口も視界の内なのだ。

左源太もそれを察したか、

「へい」

提燈を手に、先頭に立った。

細い枝道であった。明かりはない。狭い路地が提燈の火に浮かぶ。

「このあたりだ」

龍之助は見当をつけた。三人の息は合っている。左源太とお甲は同時に提燈の火を吹き消した。闇となった。帯を解く音がした。お甲の単衣《ひとえ》の着物の下は、筒袖に絞り袴の軽業衣装である。忍び込み、なかを探ろうというのだ。

「行くぞ」

龍之助が一歩路地に入り、左源太とお甲がつづこうとしたときだった。

「うっ」

動きをとめたのは三人同時だった。瞬時だった。三人は枝道に退き板壁に背を張りつけた。

暗い路地の奥に人の激しく動く気配を感じたのだ。しかも向かって来る。一陣の、いや二陣の風であった。駈け抜けた。声はない。

「あ、ありゃあ！」

「追うぞ！」

「へいっ」

「お甲！　奥の家を調べろ」

「あいっ」

その場から影は散った。

奥から突進するように走り出て来たのは、

(弥助と佐々岡!)

だったのだ。神明町では難を逃れた弥助を、足袋跣に抜き身の刀を手にした佐々岡が追っていた。かすかに血のにおいがした。すでに弥助は手負いか、二つの影は大通りのほうへ走った。

「おっ、あのあたりですぜ!」

「左源、勘がいいぞ!」

左源太と龍之助は走った。闇の巨大な空洞の真ん中あたりに、

(人の動きが!)

感じられる。この時刻、最も人の視界から離れた場だ。逃げる弥助はそれを心得ているのだろう。

佐々岡佳兵太は緑川一味の塒《ねぐら》を襲った。目的はむろん、弥助である。弥助は佐々岡の刃《やいば》を受けた。手負いで逃げ延びられる可能性があるのは、できるだけ暗い箇所である。永代橋の方向に影は走った。双方とも世間を忍ぶ動きのためか、かすかな足音のみで悲鳴も大声も出していない。龍之助も左源太も同様だった。空洞の真ん中を走る四つの影に、脇の明かりの点在するあたりを徘徊する酔客たちが気づくことはなかっ

た。龍之助は無言で追いながら、二人が飛び出してきた状況が気になる。

お甲がいま、それを調べようとしている。狭い路地に忍び足をつくった。盗賊のような真似は初めてだが、背後に八丁堀の龍之助が控えている。臆するものはない。

体に反動をつけ、塀を越えた。裏庭は狭かった。まだ雨戸を閉めていなかったか、暗い部屋がすぐ目の前だ。

「うっ」

さきほどよりも強い、血のにおいを感じた。屋内に入った。暗いが、死体が二つ確認できた。まだ温《ぬく》もりがある。

「いけない」

玄関のほうに人の気配だ。向かいの茶屋から見張っていた目も異変に気づいたのであろう。ふたたび躍動し塀の外に跳び下りた。最初の影も龍之助たちも大通りのほうへ走ったのを確認している。脱ぎ捨てた着物をまるめ、追った。他人の家に忍び込んだあとである。人目を避けるのは本能か、広い空洞のなかへ素早く走り込んだ。

(どこへ)

考えることはおなじか、

(永代橋へ)

帰るべき方向でもある。急げば何がしかの動きに出会えるかもしれない。まるめた着物を小脇に軽業衣装のまま走った。

なおも無言で四つの影は風を切っている。闇の往還である。足袋跣で走る佐々岡は前方の影を見失うまいと神経を前にのみ集中し、背後へ迫る風に気づいていない。弥助は手負いのせいか、間隔は刀を振れば届くほどにせばめられている。弥助と佐々岡の足は永代橋の橋板を踏んでいた。足音が土を蹴るのとは違い鮮明に聞こえる。その間隔を龍之助は計ったか、

「許せんぞぅ！」

初めて声を発した。塗笠は頭をはずれ背に舞っている。前方の影は欄干に触れんばかりに走っている。背後の声に佐々岡は一瞬足をもつれさせたか、橋板を蹴る音が乱れた。弥助も同様だった。刹那《せつな》……、

「たーっ」

「うぐっ」

佐々岡の気合に弥助の呻《うめ》きが重なった。よろめき崩れ落ちる弥助の横を佐々岡は走り抜けた。

（しまった！）

躊躇の余裕はない。佐々岡の影が遠ざかる。

「左源、あれをっ！」

「へい！」

走りながら左源太は分銅縄を投げた。橋板を打つ音が立った。さらに一投。

「うわわわっ」

声に石塊《いしころ》が連続して板を打つ音が響く。縄が佐々岡の足にからみついたのだ。

「とーっ」

龍之助の身が前面に跳んだ。

「うぅーっ」

刀の切っ先が佐々岡の背を割《さ》いた。

その身が崩れるのと龍之助が橋板に音を立て、佐々岡の前面に身を振り返らせるのが同時だった。背への斬り込みは致命傷にならなかったか、

「ううううっ。なにやつ！」

佐々岡は身を起こし、

「お、おまえは」

闇でも雰囲気で相手を見分けられるのは、さすがに隠密同心か。

「いかにも。定町、鬼頭にござる」

「な、なんの真似だ」

「言ったでしょ、許せねえって」

「なに？」

佐々岡は混乱している。

「だからだ！　汚ねえっ」

向かい合ったなかに、不意打ちと言ってよかった。

「とぁーっ」

龍之助は上段の構えで踏み込んだ。首筋から胸を深く斬り裂かれた佐々岡は、

「うっ、き、鬼頭っ」

欄干へもたれるように身を反《そ》らせた。

「左源！　落とせっ、こやつを！」

「うぉーっ」

腰をかがめ飛び込んだ左源太は佐々岡の足へ抱きつくように持ち上げた。重い。すでに息絶えたのを左源太は感じた。

――ズボッ

鈍い水音が立った。潮の香は永代橋の名物である。水の流れが橋を抜ければ、そこはもう江戸湾だ。落ちた死体はいずこの海岸に打ち上げられるか分からない。

「兄イっ。弥助を！」

「おう」

引き返した。

「うううっ」

息はあった。着物の肩が裂けかすかに血が滲み、背のほうは、

「深手だ。血をとめねば」

「これで！」

左源太は三尺帯をほどこうとした。

「待てっ」

龍之助は叱声を吐いた。人の気配だ。酔客なら適当にごまかせる。だが中腰になり刀を構えた。明らかに走っている。すぐに分かった。

「お甲！」

「えっ」

橋板に走り込んできたお甲は瞬時足をとめ、一歩うしろへ跳び退り、

「あぁ、龍之助さま!」

お甲は状況を解し、

「これをっ」

まるめていた着物である。布を裂く音が、

「ううっ」

弥助の呻きに重なる。

お甲の着物はたちまち花柄模様の包帯になった。

まだ呻くなか、弥助の肩と胴を幾重にも縛って流血をとめ、

「左源太、背負え」

「がってん」

「行くぞ」

「どこへ」

「ついて来い」

速くは走れない。提燈もない。左源太とお甲はとっくに提燈を捨てている。それでも小走りになった。急を要する。本来なら死なせてもいい相手だ。むしろ、そのほうが手間もはぶける。だが、

（なにゆえ佐々岡が）

生きている弥助の口から聞きたかった。いま、その絶好の機会を手にしている。

闇のなかを、

「急げ」

「へい、へい、へい」

提燈のないまま龍之助は先頭を走り、そのうしろに左源太がつづき、

「死んでしまう。もうすこしゆっくり」

背後から弥助の身を支えて走るお甲が言った。龍之助と左源太は、歩をいくぶんゆるめた。

武家地に入った。辻番小屋をたくみに避けながらふたたび町家に出た。先頭の龍之助の胸にホッとしたものがよぎる。武家地の辻番小屋は武家屋敷の支配だが、町家の自身番なら奉行所支配である。見咎められても、ふところには提燈とともに十手がある。だが隠密同心・佐々岡佳兵太を葬《ほうむ》った事件の、まだその過程にあるのだ。見咎められないに越したことはない。町々の木戸が閉まる夜四ツ（およそ午後十時）が近づいている。龍之助はふところのものを取り出した。自身番の明かりが見えたのだ。腰高障子に町名が大きな文字で墨書されている。

「おう」

見咎められる前に声をかけた。

「あっ」

「これはっ」

詰めていた町役や書役は背負われた者とお甲の衣装に息を飲んだが、龍之助は十手をかざし、

「理由《わけ》は訊くな。それよりも提燈に火だ」

「は、はい。ご苦労さまにございます」

町役たちは居住まいを正し、龍之助の提燈に火が入った。

「口外は無用ぞ。町に迷惑はかけぬ」

「は、はい」

龍之助を隠密同心と見たか、町役たちはありがたそうに腰を折った。事件を持ち込まれては、町が困るのである。

「行くぞ」

ふたたび一行は小走りになった。

町家がつづいている。

「ここ、室町じゃねえですかい」

「いかにも」

龍之助の足は、母・多岐の実家・浜野屋に向かっていた。いまのあるじ与兵衛は従弟《いとこ》であり、秘かに弥助を介抱できる場所といえばそこしかない。しかも場所が永代橋からなら、日本橋の手前でそう遠くはない。

深夜に裏門を叩く音に、浜野屋の者は驚き、

「ともかく従兄《にい》さん、なかへ」

与兵衛は鄭重に応対した。龍之助にも浜野屋を継ぐ権利はあった。だが龍之助は従弟にすべてを譲ったのだ。従弟はそれをありがたく思い、龍之助が町奉行所の同心であれば頼りにも思っている。

与兵衛は離れに一室を用意した。背の傷は思ったより深かった。肩の傷もそう浅くはなかった。左源太の背に揺られながらも息絶えなかったのは、斬りつけた者への恨みが、気力を生んでいたからかもしれない。

出血が激しい。背後から支えていたお甲の手はもとより、左源太の背も血に染まっていた。龍之助も佐々岡を斬ったときの返り血を浴びている。

弥助から呻き声は消えていた。気を失い、かすかに息をしているのみである。

そこが室町であれば、町医者を呼ぶのは容易である。だが、町の木戸はすでに閉まっている。龍之助は素早く着替え、十手を手に浜野屋の番頭と一緒に出た。医者はまだ起きていて、御用のからんだ患者とあってはすぐに来た。町内の金瘡医《きんそうい》（外科医）で浜野屋と日ごろ懇意であったのも都合がよかった。

弥助は昏睡状態だった。

「これは！」

金瘡医はすぐに塗り薬を用意し、与兵衛にさらしを用意させ、幾重にもきつく巻きつけた。

「ううう っ」

一度、呻き声を洩らした。

「医者を呼びに行っているあいだ、目覚めることはなかったか」

龍之助は訊いた。

「龍之助さま、ちょいと」

お甲が龍之助を別室に呼んだ。

「ただ一言、与力めっ、と」

「ふむ」

龍之助には分かった。弥助が口にしたのは、襲ってきた佐々岡佳兵太よりも、与力の田嶋重次郎だったのだ。

部屋に戻った。

「いかがでござろう」

「からだ全体がすでに萎《な》えておる。生きておるのが不思議なほどじゃ」

龍之助の問いに金瘡医は言う。出血が多すぎたのであろう。お甲の着物を包帯にしなかったなら、左源太の背ですでに息を引き取っていたかもしれない。田嶋重次郎への恨みが聞けただけでも、龍之助には収穫と思えた。

金瘡医は言った。

「いま疵口《きずぐち》は縫合《ほうごう》できない。耐えられぬ」

「目覚めることはあるのか」

「この者の、気力次第じゃ」

金瘡医は言い、浜野屋に夜詰めしてくれることになった。

部屋には龍之助と左源太、お甲が残った。

息が荒いというよりも、小刻みになっている。

行灯の、炎の音が聞こえる。

龍之助は期待を持った。それが、残酷なものであることは分かっている。息が絶える前に、

（さらに一言）

弥助は田嶋重次郎と佐々岡佳兵太への、死にきれぬ恨みのせいか、龍之助の期待に応えた。

「ううっ」

未明である。意識を取り戻し、口を動かした。聞き取れる。

「や、やつら。江戸の、江戸の夜を、手中《しゅちゅう》に……狙って……」

「弥助さん、ねえ、弥助さん」

お甲が龍之助に言われ、耳元にささやきかけた。

反応を示した。

「お、俺たちは、捨て駒……」

そこまでだった。十分だ。龍之助は、田嶋重次郎の目的を、いま明確に知った。

金瘡医を呼んだ。

脈を取った。

弥助の息絶えたのが、枕頭《ちんとう》の者にも看て取れた。

五

夜明けにはまだ間がある。木戸が開くのは日の出まで待たねばならない。だが左源太は浜野屋を飛び出した。その場で龍之助はあらためて、

——この者、当方の存じ寄りにつき……

手札を認《したた》めた。木戸の通行手形になる。深川に土地の岡っ引が出ていても〝同業〟と見なしてくれる。

提燈を手に走った。永代橋はまだ闇のなかである。

深川の万造は枝道の殺害現場に出張っていた。二人の死体はすでに片付けていたものの、全容がつかめていなかった。そこへ左源太が土地の岡っ引よりも早く駈けつけたのは、深川の貸元衆にもありがたいことだった。全容が分かっただけではない。弥助の逃亡経路も分かり、血痕が点々とし永代橋ではかなりの血が流れているのだ。貸元たちはそれぞれに若い者を出した。夜明けには、その痕跡は消えていた。神明町もそうであったように、どの門前町も貸元たちは域内の治安には役人以上の機動力を発揮するものだ。陽が昇ったとき、

「町には何事もなかった」

のである。

深川の万造には、もう一つ仕事があった。龍之助の要望もあり、室町から弥助の死体を引き取り、海に流すのではなく、深川で無縁寺に葬ることであった。

お甲は夜明けとともに神明町へ急いだ。事の次第を、大松の弥五郎に知らせるためである。浜野屋の女中の着物を借りた。大松の弥五郎も伊三次も、お甲の着物が変わっていたことより、田嶋与力の〝野望〟を聞き、いまさらながらに仰天した。

「旦那さま、いったい昨夜はどこへ」

八丁堀の組屋敷では、夜明けごろに帰ってきたあるじ龍之助の髷を直しながら、ウメが安堵の溜息をつきながら言っていた。朝まで帰ってこないあるじに、

「朝の味噌汁、用意していいものやらどうやら、迷いましたじゃ」

茂市もホッとした表情を見せたものである。

「おい、生卵を五つか六つ。なかったら隣家で借りてこい」

龍之助は命じた。

奉行所への出仕に支障をきたすことはなかった。

溜り部屋に座っていても全身が緊張するのは、昨夜一睡もしなかったばかりではない。事態はもはや左源太を島送りにしたことへの報復を遙かに超えている。隠密束ね与力・田嶋重次郎の〝野望〟を、

（潰してやるぜ）

正規の役務には持ち込めない仕事を、龍之助は身に負ったのだ。それが老中・田沼意次の血を引く、

（俺の役務……）

思いもする。もちろん卑近《ひきん》には、昨夜殺害された緑川残党の若い者二人、それに弥助の敵《かたき》を討つ思いもある。

矛盾はしない。若い者二人と弥助は、殺された理由があまりにも憐《あわ》れであり、当人らの悔しさが敵味方の別なく、

（分かる）

のである。

奉行所内で、田嶋重次郎の姿を確認した。いつものとおり出仕してきている。

（あやつめ）

憎悪が湧いてくる。

田嶋の心中はきょう、苛立《いらだ》っているはずだ。昨夜刺客に立てた佐々岡佳兵太は帰っていない。定町廻りの同心溜りにも、隠密同心たちの慌しさが伝わってくる。もちろん隠密同心たちが、佐々岡の役務を知るはずはない。与力の田嶋重次郎の命《めい》に従っているだけなのだ。

午《ひる》を過ぎたころ、田嶋与力の表情には困惑と焦りがはっきりと見られた。配下の隠密同心たちから報告がつぎつぎと入っている。内容が隠密同心溜りから洩れることはなかったが、龍之助には分かっている。

——深川一帯に騒ぎのあった気配は認められず

——富岡八幡宮門前は、昼夜とも通常と変わりなし

あるいは、永代橋を丹念に調べていたなら、血痕を拭き取った痕跡を見つけ出したかもしれない。だが、事情を知らない隠密同心たちにとって橋での深夜の剣戟《けんげき》は考えも及ばないことであり、橋板に顔を近づけ丹念に血の跡を調べるなどおよそ探索の範囲外だった。いずれも大工姿で、また行商人姿で大八車や町駕籠のあいだを縫うように橋を渡っただけである。

「よし。早いほうが」

「どうしました、鬼頭さん」

同心溜りの文机で、不意に呟《つぶや》いた龍之助に同僚が驚いたように声をかけた。

「いや。この訴状、商家の遺産相続の揉め事でしてな。早く処理したほうが……と思いまして」

「そりゃあまあ、何事も早いほうが。それにしても、おとといの一斉廻り、なんだったのでしょうなあ」

同僚は言い、また自分の書類をめくりはじめた。

「さあ」

龍之助は返し、溜り部屋を出たのはそれからしばらく経《へ》てからであった。奉行所の庭の植込みの影が、かなり長くなっている。

外に出た。呉服橋御門の外は町家である。生卵を四つも飲んだせいか、疲れをおもてには見せていない。

すぐに戻ってきた。廊下を、隠密同心溜りに向かった。その奥の与力部屋である。対手《あいて》は文机に向かっていた。だが、机上の書類は開いているだけで、目を通していないことは雰囲気から分かる。ただ、

（なにやらを待ち）

滅入《めい》っているだけだ。

危険をともなっても、

(ともかくなんらかの手がかりが欲しい)

いま、田嶋重次郎の念頭はその一色であるはずだ。

人の入ってきた気配に、田嶋は顔を上げた。

「なんだ。定町の鬼頭ではないか。どうしてここへ?」

「はい。さきほど町家から戻ったのですが、なにやら見知らぬ遊び人風の男がこれを田嶋さまに……渡すだけで返事はいらないから、と」

きつく結んだ結び文である。

「なに、俺に? どれ」

好奇の目付きで手を伸ばした。

開いた。

焦るように、ほどく。

文面は一行のみ……。

顔を上げた。

「どのような男であった」

「はい。三十がらみでありましょうか、目が細く唇は薄く、体格のいい男でございました」

「うっ」

田嶋は軽い呻きを発し、龍之助から視線をそらした。昨夜、佐々岡佳兵太に殺害を命じた弥助の風貌である。

「では、私はこれで」

「あ、待て」

腰を上げかけた龍之助に、

「なかは見ていまいな」

「滅相《めっそう》もございません。もちろんですとも」

「それでよい。隠密御用の筋ゆえ、かかる男のまいったことも他言は無用とせよ」

「はっ」

退出した。

文は、龍之助が巧みに下手《へた》に書き、筆跡の手を隠したものであった。

——今宵五ツ半（およそ午後九時）金杉橋
（きっと来る）

龍之助は確信を持った。

奉行所の小者を八丁堀に走らせ、茂市を呼んだ。

「またですか」

言いながら茂市は神明町に向かった。

龍之助は早めに奉行所を退出し、八丁堀の組屋敷で仮眠をとった。

六

ウメが龍之助を揺り起こした。起きるなり龍之助は、

「生卵」

また言った。

「旦那さま。若いといっても……今宵は早く帰ってきてくださいましよ」

言いながらも生卵を三つ、台所から持ってきた。

飲み干し、提燈を手に出かけた。柄《え》の先にぶらぶらと吊るすぶら提燈ではなく、固定感のある弓張《ゆみはり》の御用提燈である。着物も盲縞の着流しに黒の羽織をつけた、昼間なら一目で八丁堀の旦那と分かる出で立ちだった。

人通りの絶えた街道に出ると、飲み屋の前にいた町駕籠を拾った。客が奉行所の同

心とあっては、駕籠舁き人足も夜とはいえ法外な酒手《さかて》を要求したりしない。すれば張り倒されるであろう。逆に、

「へいっ、旦那。お安く走らせてもらいやす」

だが龍之助は、

「急げ。酒手《さかて》ははずむぞ」

「へいっ」

駕籠舁きは相好《そうごう》を崩した。当人たちはその〝旦那〟に気づかなかったようだが、偶然にもかつて街道で町娘へ執拗にからみ、駈けつけた龍之助に木刀の一撃を受けた人足たちだったのだ。

「ふふふ」

駕籠に乗り、これから行く方向に以前を思い出し、龍之助はつい含み笑いを洩らした。今宵のことに張りつめていた心へ、

(幸先《さいさき》がよい)

余裕が生まれた。

担ぎ棒の小田原提燈が激しく揺れる。街道には飲食の店であろう、軒提燈が点々と灯っている。

向かっている先は神明町を通り越し、浜松町を抜けた金杉橋である。渡れば街道は金杉通りと名を変え、街並みはその先に芝一丁目から四丁目へとつづき、一帯は左源太を供に無頼をしていたころの、拠点ともいうべき地域である。

金杉橋の下は古川で、下流へ四丁（およそ四百米）も流れれば潮の香の江戸湾で、荷船は金杉橋まで上ってくる。

橋のたもとで駕籠を降りた。

人通りはない。

物陰から影が二つ、滲《にじ》み出てきた。先に来て提燈の火を消し待っていたようだ。

「へへ、兄イ。ご指定の場所がここたあ、懐かしゅうござんすねえ」

職人姿の左源太である。明かりが駕籠の提燈だけだったせいもあろうか、駕籠舁き人足たちも懐かしい顔であることに気づかなかったようだ。あのとき、街道から芝二丁目へ龍之助を呼びに走ったのは左源太だったのだ。もう一つの影は、

「龍之助さまア」

お甲だ。昨夜の軽業衣装ではなく、お気に入りの桔梗《ききょう》模様の単衣《ひとえ》に深緑の帯を締めている。今宵、激しい動きは要求されていないようだ。だが、対手は隠密同心を束ねる与力である。しかも、

「――奉行所内での手合わせで、俺と互角だったのは田嶋与力だけだった。真剣で渡り合えば、向こうのほうが俺より場数《ばかず》の長がある」

だからお甲の声も、二夜連続で龍之助かけさ浜野屋の離れで聞かされたばかりだ。だから声がかかった悦びもさることながら、緊張を含んだものになっていた。

結び文に認《したた》めた五ツ半（およそ午後九時）にはまだいくぶんの間がある。

橋の上から水の音を確かめた。流れている。橋桁《はしげた》からすこし離れた川原が船着場で広場のようになっており、小さな灯りが見える。近辺の者が夕涼みに散策し、屋台が出ているのだ。それらの人影も五ツ（およそ午後八時）を過ぎれば消えるのだが、まだいるようだ。

「おっ。あの灯り、動きやしたぜ」

「ほんと、もう帰るみたい」

左源太が言ったのへお甲がつないだ。

「いい具合だな」

龍之助は呟くように言い、二人を元の物陰にいざなった。神明宮か増上寺の門前に遊んだ酔客であろう、ぶら提燈が二つ、ゆらゆらと金杉通りのほうへ揺れて行った。物陰に人が潜んでいるなど、気づく気配もない。

「左源太」

「へい」

ともに押し殺した声である。

「おめえ、誰かほかに連れて来なかったか」

「おっ、さすがは兄イ。気がつきやしたか」

「誰だ」

さきほどから、自分を見つめる目があるのを、龍之助は感じ取っていたのだ。

「茂市さんが神明町に来たとき、ちょうど深川の万造さんが弥五郎親分のところへ来てらして、それで伊三次さんともども、龍之助さまの手を是非拝見したい……と」

お甲がつないだ。万造は深川の後始末が終えたことを伝えるため神明町に来ていたようだ。当然、左源太とお甲からそのときの状況も聞いたであろう。そこへ茂市が龍之助の結び文を持って来たものだから、

「――鬼頭さまのお手前を是非この目で」

闇社会の代貸である伊三次と万造が、膝を乗り出したのも無理はなかろうか。

「ふむ」

龍之助は頷いた。あの二人なら、対手に悟られるようなことはないだろう。それに

向こうが人数を連れて来ていたとき、戦力にもなる。

また提燈の灯りが一つ、橋の上を揺れて行った。

もう刻限のころである。

「兄イ、これを」

左源太が三尺帯のあいだからなにやら小さなものをつまみ出した。

「なんだ、それは」

「へへ。神明宮名物の生姜《しょうが》でさあ。伊三次さんから教わりやしてね。噛んでみなせえ」

「あ、知ってる。あたしも壺振りに疲れたとき、伊三次さんからもらった。あたしにも一本」

「いいともよ。さあ」

「ううーっ」

お甲は噛み、酸っぱさに顔をゆがめた。

「どれ。……ううっ」

龍之助も同様だった。

「うむ、身が引き締まる。こいつは、生卵より効くぞ」

「なまたまご？」

お甲が怪訝そうに返した。

「しっ」

龍之助の叱声に、

……へいっほ、へいっほ。

浜松町のほうから町駕籠の声が聞こえてきた。

「来やしたぜ」

「うむ」

生姜の刺激とともに、闇へ緊張がみなぎった。

橋のたもとに、町駕籠は停まった。

頬隠《ほおかく》し頭巾《ずきん》の武士が橋のたもとに降り立った。手持ちのぶら、提燈に担ぎ棒の小田原提燈から火をとった。

「へい、ありがとうございやした」

町駕籠が去った。

田嶋重次郎は一人で来たようだ。

ゆっくりと橋板に入った。

欄干に寄り添い、流れの音を聞きながら川原のほうを見ている。提燈の灯りを堂々と手にし、キョロキョロしないところなど、さすがに与力の貫禄はある。水の音ばかりが聞こえ、川原に灯りはなくなっている。

「行け」

「あい」

龍之助に背を押され、お甲は街道に踏み出した。口のなかに、まだ生姜の酸っぱさが濃く残っている。身が引き締まる。

橋の上では、

「……ん？」

田嶋が提燈をかざし、

「……女？」

影に首をかしげ、それでも若干《じゃっかん》身構えた。

「北町与力の田嶋重次郎さまでございますね」

近づきながら問う影に、田嶋はさらに提燈をかざし、

「いかにも。女が来るとは、いずれの手の者か」

「ふふふ。どの手だと思います？　隠密の旦那」

「なに！」

お甲はもう互いに息を感じ合うほどに近づいている。

そのお甲の背後だった。また一つ影がうごめいた。

「ん？」

田嶋はお甲の肩越しに提燈をかざした。

影は鼻唄まじりにふらついている。左源太である。

「旦那、酔っ払いですよ。このままやり過ごしましょう」

「うむ」

田嶋重次郎は応じた。

「……へへえ……よござんすねえ……橋の上で……」

左源太は七、八歩のところで酔っ払い口調をならべ、草鞋《わらじ》の足で大きく橋板を踏み鳴らした。

同時だった。

お甲がしゃがんだ。提燈の灯りに田嶋の影が浮かぶ。左源太の身は飛翔していた。

「おっ」

田嶋がその奇妙に気づいた刹那《せつな》、お甲の頭上に風を切ったものが、

「うぐっ」

田嶋の喉を打ち、首に巻きついた。田嶋は狼狽し、左源太はその脇をすり抜け、お甲が身を丸めたまま一回転して田嶋の前面を空《あ》けるなり、一陣の風とともに闇より躍り出た影が、

「うぐっ」

抜き打ちに田嶋の胸へ衝撃を走らせた。

さすがに田嶋は直前に身をそらせ、致命傷の深手にはならなかった。それは龍之助も手応えから感じている。身を返すなり突きの姿勢に入った。

「き、きさまは鬼頭っ」

「いかにも」

「成仏《じょうぶつ》!」

突き込んだ。

呻き声はなかった。切っ先は心ノ臓に達し、即死であった。その姿を、橋板に落ち燃え崩れる提燈の炎が浮かび上がらせた。走り戻った左源太が永代橋のときとおなじだった、足にくらいつき持ち上げた。その動きに合わせ龍之助は刀を引き抜いた。血潮は宙に飛び、橋に散ることはなかった。

ズボッ。

鈍い水音が立った。すべてが一瞬のなかだった。提燈は燃え尽き、ふたたび闇が戻っていた。

「ふーっ」

吐息とともに龍之助は刀を鞘に収めた。左源太の縄がなかったなら、

(相打ちに)

なっていたかもしれないことを、龍之助は感じ取っていた。かすかに、足が震えてくる。

「こ、こ、これは！　なんと！」

「さすがは！」

物陰から二つの影が滲み出てきた。深川の万造は初めて見る光景に興奮し、伊三次にも三人の連繫は驚嘆であった。

「さ、長居は無用です。帰りましょう」

こうしたとき、女のほうが落ち着くのか。お甲が言ったのへ、

「ふむ」

応じた龍之助の足は震えをとめていた。

浜松町のならびに、まだ軒提燈を提げている店があった。

「おう、火をもらうぜ」

声をかけたのが八丁堀の同心で、しかも御用提燈とあっては、

「これは、これは。ご苦労さまでございます。なかでお茶でも」

あるじが奥から走り出てきて腰を折る。

「いやいや、役務の途中ゆえ」

龍之助は謝辞した。あるじは、お供の者も奉行所の手の者と思ったことであろう。

それぞれの提燈にも火が入り、神明町のほうへ揺れて行った。木戸が閉まる時分である。御用提燈があれば、それこそいずれも木戸御免となる。神明町を過ぎれば、街道には龍之助の提燈一つとなった。風が出てきたが、弓張なら揺れることなく火も消えにくい。深川の万造は今宵、大松一家で一宿一飯に与《あずか》るようだ。

六

昨夜、神明町を過ぎたころから吹きはじめた風が、朝には激しくなっていた。二日ぶりに熟睡しているなか、雨戸の音に目が醒《さ》めた。

「さあさあ、旦那さま。こんな日は早く起きてくだされ。お務めが待っていますぞ」

まだ暗いうちに茂市が襖の向こうから声をかけてきた。

竈《かまど》で朝餉《あさげ》の用意をしているウメも、神経質なほど火の扱いには気を遣っている。八丁堀から火が出たとなれば、奉行所どころか幕府の面目失墜となる。

いつもより早めに呉服橋御門へ急いだ。

着いたときには、同心溜りに同僚たちがほとんどそろい、

「おう、鬼頭。なにをのんびりしておる」

筆頭同心から叱責の声をかけられた。

こうした日、連絡がなくても同心や与力は早めに出仕するのが役務でもある。案の定、奉行の曲淵甲斐守から風烈廻りのお達しが出た。それぞれの持ち場を与力一騎、同心二名、与力の若党、槍持、挟箱持、さらに奉行所の捕方数名が六尺棒を小脇に従い、総勢十数名の陣容で、火の用心、さらに風烈に乗じて盗賊などの出没するのを取り締まるため、一斉に市中廻りに出る。だから茂市も他の同心の下男たち同様、奉行所へ旦那に従ってきてそのまま残っていた。

龍之助はきょう一日、奉行所にあって隠密同心たちの動きに注視する予定だったのだが、出仕の前からそのアテははずれていた。

「こういうときの一斉廻りは分かるが、さきおといのあれ、いったいなんだったんだろうなあ」

定町廻りの同心溜りでも話題になっていた。その後もやはり、奉行からなんのお達しも説明もないのだ。田嶋重次郎の失踪は、まだおもてに出ていないようだ。

風に加え雲の層も厚く、いつ日の出だったのかも分からない。龍之助の加わった一行は持ち場の四ツ谷に向かった。風に着流しの裾も、小銀杏の髷も乱れる。

そのなかに、

「いったい、あれは」

龍之助は与力に訊いた。外に出たとき、与力も奉行所では言えないことをつい話したりする。だがこのとき、

「分からん。こちらが聞きたいほどだ」

言っていた。与力たちにも奉行は何も話していないようだ。

「まったく無意味なものだったのか、あるいはよほど重大なことで、幕閣の上層部に秘めておかねばならないものだったのか……そのどちらかじゃないかのう」

与力は言っていた。

気になる解釈である。田嶋与力の件は自分から切り出すことは避けた。

午《ひる》近く、風に雨が加わりはじめた。

どの風烈廻りの一行も中途で引き揚げ、奉行所で待機するかたちになった。龍之助の組も引き揚げ、奉行所の門前で似たような陣容で出立《しゅったつ》する定橋掛《じょうばしかか》りの一行と出会った。橋の見廻り組である。

「ご苦労でござる」

互いに声をかけ合い、すれ違った。

午後は、意図していたきょうの目的に集中できた。

雨がしだいに激しくなるなか、隠密同心溜りの廊下は濡れていた。人の出入りが激しいのだ。

(探索している)

龍之助には分かった。

誰を……定町の同心溜りには伝わってこなかった。さすがは隠密廻りである。

「なにやら慌しい」

ことだけが定町の同心溜りでも話題になった。

「隠密束ねの田嶋重次郎さまと筆頭同心の佐々岡佳兵太どのの姿が見えぬらしい」

「長期の出役ではないらしいぞ」

奉行所内で噂がながれたのは、雨が小降りになった翌日午過《ひるす》ぎのことだった。

龍之助は、その日も朝から出役して戻ってきた定橋掛りの同心に声をかけた。

「異常はござらなんだか」

「大丈夫だ。水かさが増して川原の舟や材木がいくらか流されたようだがのう」

「それは重 畳《ちょうじょう》でござった」

金杉橋も、近くに引っかかっていたものがあったとしても、

(海へ押し流されたことであろう)

龍之助の脳裡をめぐった。

だが、田嶋重次郎と佐々岡佳兵太の噂よりも、奉行所内での話題の中心は、

「柳営《りゅうえい》（幕府）でなにやら大きなことが起こっているらしい」

「こんど一斉廻りがあれば、そのときには分かろうかのう」

と、もっぱらそのほうであった。

奉行の曲淵甲斐守が何も言わないところに、かえって同心たちの疑心暗鬼と不安を生んでいるのだ。

田嶋と佐々岡が話題の中心になっても、真相が明らかになることは、

(永久にない)

龍之助は自信を強めている。さらに、田嶋重次郎の動機は、

(毒を以《も》って毒を制するところにあったのかもしれない。しかし結局は、自分が貸元らに取って代わり、闇の将軍になろうとした。それを防いだ)

自負心がある。

(それでよい)

思ういま、別のながれか柳営でなにやら……老中・田沼意次の血筋との意識がある。やはりそのほうに、人一倍気を向けざるを得ない。

(あそこに行けば分かるかもしれない)

龍之助が蠣殻《かきがら》町の相良藩下屋敷に向かったのは、雨が上がって三日ほどが経ち、いずれの地面もすっかり乾き、夏の盛りを強烈に感じる一日であった。日除けに塗笠をかぶった。以前のように、藩主の田沼意次が下屋敷に来ているかどうか確認はとっていない。

龍之助が訪《おとな》いを入れると、裏手の勝手口にあの留守居がすぐに出てきた。留守居はやつれて見えた。急に老《ふ》けたようだ。

留守居は言った。

「きょう、殿さまはこちらではありませぬ」

「いつ、こちらへ見えられようか」

「分かりませぬ、何も」

「何もとは、柳営で何か？」

「知りませぬ。殿さまはここのところ柳営に詰められたまま、上屋敷にもお戻りになっておられませぬ」

「いったい、何が？」

「知りませぬ。知りませぬ」

勝手口での立ち話である。留守居は訊かれることにさえ困惑している。

龍之助は塗笠をかぶった。

（やはり、何かが起きている）

帰り道、懸念は倍加していた。

四宿命

一

天明六年（一七八六）も葉月《はづき》（八月）となれば、もう暑さの盛りは過ぎ、朝夕の風に秋を感じるときもある。

夏の初めに突然の一斉廻りがあって以来、北町奉行所内で定町同心の溜り部屋は平穏であった。しかし、

（表面は……）

鬼頭龍之助の胸中から、その思いが離れない。むしろ、じれったかった。

「――柳営（幕府）で何か重大事が？」

一斉廻りの直後、奉行所内でしばらく話題の中心となったものだが、奉行の曲淵《まがりぶち》

甲斐守《かいのかみ》からなんの説明もなく、

「――定町廻りの機動力を点検するためだった」

誰が言いだしたか、いつの間にかそれが定着していた。なにしろ総出であった。理にも適《かな》っている。さらに世相が、それを必要ともしていた。その月、文月《ふみづき》（七月）のなかばだったが、本郷弓町と日本橋浜町で、それぞれ米問屋が一軒、民衆に打ち壊される事件があった。些細《ささい》なことから、米価の値上がりに窮した民衆が米問屋に押しかけ、暴徒と化したのだった。

（やはり何かが起きている）

龍之助には、相良藩下屋敷の留守居から得た不穏な印象からも、危惧が容易に払拭《ふっしょく》できなかった。

変化は、あった。

数日前、暦《こよみ》が葉月に変わってすぐだった。

「おや、旦那さま。なんだか晴れればれと」

定町廻りに下男の茂市をともない、一緒に八丁堀の組屋敷へ帰ったとき、出迎えたウメが思わず言ったものだった。

「はは、ウメよ。定町の旦那方に組替えがあってな、うちの旦那さまの四ツ谷廻りはきょうが最後だったのさ」

茂市が代わって応えた。龍之助の定町廻りの受持ちが、東海道の新橋から金杉橋までの一帯となったのだ。

定町同心の組替えが噂されはじめたのは数日前からであり、もちろん理由は同心と地域との癒着を防ぐためなどと、もっともらしい理由づけがされていた。だが実際を知るのは、同心のなかでは龍之助のみである。与力でも知る者は、奉行側近のほんの数名であろう。その与力たちでさえ、もちろん奉行も含めてだが、真相は知らない。

隠密束ねの与力・田嶋重次郎と筆頭隠密同心・佐々岡佳兵太の失踪は、

——風烈廻りの微行《びこう》途中、誤って水に流され……

正式な下知ではない。奉行の周辺からそれとなくながされていたのである。聞いたとき龍之助は、

(水に流され……だけは合っているな)

同心溜りで独《ひと》り下を向き、嗤《わら》いを隠したものである。

当然、人事異動がある。隠密同心は奉行直属で、その束《たば》ねの与力などは奉行の側近中の側近で、同心なら定町廻りを長年経験した熟練の者から、与力も相応の切れ者が任命される。このときの異動が定町同心すべての場所替えにまで及んだのは、新たな

隠密同心やその束ねの任命を、大規模異動のなかの一環に見せかけ、

（目立たぬようにするため）

龍之助は解した。状況はそのようになった。同心たちの話題はもっぱら自己の異動に集中し、田嶋重次郎や佐々岡佳兵太の件は隅に押しやられ、奉行所内がそうであれば、市井《しせい》にも〝疑念〟の噂がながれることはなかった。

（お奉行の甲斐守さま、なかなかのお人）

龍之助は思ったものである。奉行の曲淵甲斐守は、田嶋重次郎と佐々岡佳兵太の不穏な野心に、あるいは勘づいていたのかもしれない。ならばなおさら、真相を明らかにすべきでないことを、奉行は感じていたことになる。甲斐守は二人の死を、これさいわいと思ったのかもしれない。

（さようでございますよ、お奉行）

龍之助は言上《ごんじょう》したい気持ちを抑えた。

この数日、与力に自分の望む区域を秘かに働きかける同心もいた。日本橋界隈や室町など、商業地なら役得も多く希望者は多い。

龍之助は沈黙を守った。

「鬼頭さん。どうせ異動になるのなら、あんたもどこか望む地域はあるでしょう」

同僚があまりにも静かな龍之助に、心配して言うほどであった。

その結果の、新橋から金杉橋にかけての一帯だったのだ。そこはまさに神明宮門前と増上寺門前を含んでおり、深川の富岡八幡宮門前や音羽の護国寺門前と同様、いわゆるお上《かみ》の手が入りにくい町を担当するのは、どの同心も避けたがるものである。定町廻りをするにしても、なにやら逆に監視されている気分になる。気分ではなく、実際にそうなのだ。一斉があったとき、神明町の自身番に伊三次が詰めていたのもその一例である。そうした地域を好む酔狂《すいきょう》な同心はいない。

だから、声も手も上げなかった龍之助にまわってきたのだ。

「――あのあたりなあ、迂闊《うかつ》に手をつけないほうがいいぞ」

きょう下知があったとき、数日前龍之助に声をかけた同僚が、安堵の表情でまた言ったものだった。

「――はい。用心します。ふふふ」

龍之助はしおらしい返事をしていた。鬼頭龍之助は、代々世襲の同心や与力のなかにあって、まだまだ鳴かず飛ばずの新参者なのだ。鹿島新當流の達人であっても、周囲は龍之助をそのように見ており、龍之助もまたそう振る舞っている。

「――鬼頭さん。苦笑いしている場合ではないぞ」

一向に深刻そうな顔をしない龍之助に、同僚はさらに言ったものである。

苦笑いなどではない。

(――それを望んでいたのさ)

会心の笑みだったのだ。

「おい、ウメ。鯛《たい》だ、タイを用意しろ。尾頭《おかしら》つきだぞ」

組屋敷の冠木門をくぐり、茂市があるじの笑顔の理由をウメに話したのへ、龍之助はつないだ。さらに、

「おい、茂市。いまから神明町に走り、アレを呼んでこい」

「へい」

茂市は挟箱を縁側に置いた。茂市にはもう〝アレ〟と言っただけで、それが左源太であることはすぐに分かる。走りだした茂市に龍之助は、

「理由《わけ》は言うな。俺の口から……」

直接話し、左源太の驚き喜ぶ顔が見たかったのだ。

そうなった。なにやら異変かと駈けつけると朗報だったことに、

「えぇえ!? それじゃ兄イ!」

果たして雀躍《じゃくやく》した。

「街道のお人ら、きっと喜びますぜ。金杉橋の向こう、芝から田町にかけてもネ」

と、落ち着いてからも相好を崩しっぱなしだった。

左源太の言うとおりである。受持ちが新橋から金杉橋までといっても、それは定廻りの重点とする範囲であり、近くを受持つ同僚と融通を利かせ合うのは常のことで、

「おっ、芝二丁目の龍《たつ》つぁんじゃねえですかい」

「おぉお！　奉行所の同心になりなすったのは聞いておりやしたが。こっちへ戻ってきなすったか。これで街道も安心だ」

芝や田町の街道筋は、廻り方として来た龍之助に笑みを浮かべることだろう。かつて無頼をしていたときの古巣へ、十手をふところに戻ってきたことになるのだ。

「へへへ」

鯛を肴《さかな》に盃《さかずき》をかたむけながら、左源太は独り含み笑いをした。

「頼むぞ」

龍之助はそのような左源太と、膳の上に笑みを交わし合った。左源太の脳裡には、町々の自身番をまわる龍之助の案内役に立っている、自分の姿があった。

龍之助の最初の仕事は、それらの自身番に左源太の顔見世をすることになろう。尾頭つきの鯛の上で結んだ視線は、

（影の岡っ引から、おもての岡っ引へ）

それを互いに確認するものであった。

「お酒は足りていますかね」

襖の向こうからウメが声をかけてきた。茂市とウメの老夫婦も、台所脇の自分たちの部屋で鯛の尾頭つきをつついている。

「おう。すまねえ、婆さん。あと二、三本、冷《ひや》でよろしゅうござんすぜ」

「それにコイツ、今夜ここに泊まるから寝床もナ」

もう酔いがまわったか遠慮なく言う左源太に、龍之助はつないだ。

「それよりも左源太。おめえ」

龍之助が不意に真剣な顔になった。

左源太はもろ肌を脱ぎ、龍之助の視線がその左腕に注がれている。

「あゝ。これですかい」

左源太も真顔になり、二本の黒い入墨を右手で軽く撫で、

「神明町の賭場では披露しやせんでしたがね、長屋では、ま、この暑さでさあ。朝、顔を洗うときに腕まくりもしねえのは、かえって不自然でござんしょう」

「反応は？」

龍之助はいまなお、左源太が町奉行所の仮牢に入れられていることに気づかなかった迂闊《うかつ》へ、悔悟《かいご》の念が込み上げてくる。

それを左源太は感じたか、

「へへ」

遠慮するように着物を着なおして二本の線を隠し、

「いえね、あの裏店《うらだな》サ。住人ときたら年増の小唄師匠に老体の占い師、付木《つけぎ》売りの婆さんに女やもめの糸組師、男は際物師《きわものし》に古物買いと、みょうな連中ばかりでさ。黒い線の一本や二本、気にするようなタマはおりませんやね」

「そうか」

「それに小唄の師匠なんざ、てめえの昔の色がどっかの島で暮らしてるんでしょうかねえ。島の生活をしきりに訊くしまつでさあ」

「よし、分かった」

龍之助は徳利をとって左源太の盃にかたむけ、

「これからは左源太よ、それを売りにしろい。おめえ以前、男の飾りにすると言ってたなあ。そうしろ。隠すことはねえ。俺がいつもうしろについててやらあ」

「ほんとですかい、兄イ。入墨者の岡っ引なんざ、兄イがみょうな目で見られたりしねえかい」

「ばっか野郎。そんなの気にして、神明町や増上寺の同心が務まるかい」

「兄イ」

「おう、茂市にウメ。ちょいと来な」

襖越しに老夫婦を呼んだ。ちょうどウメが盆に徳利を載せて来たところだった。茂市もついてきた。左源太とはいえ来客の席に下働きの者が同席するなど、武家でも商家でも見られない光景である。龍之助の最初の仕事は、茂市とウメにあらためて二本の線を、岡っ引として披露することであった。

二

翌日、龍之助は茂市をともなない、左源太と一緒に神明町へ向かった。朝早いこともあり、裏店の住人は皆そろっていた。龍之助の二番目の仕事である。雪駄をはき着流し御免に黒い羽織をつけた出で立ちで、茂市は尻端折で挟箱を担いでいる。一見して奉行所の廻り方と分かる。

「おう、みんな。出てきてくれ」

左源太の声に、住人たちは路地に出てきた。

「えぇ？ 左源太さん、あんた！」

などと、その顔が前にも一度来たことのある顔とはいえ、昨夜帰ってこなかった薄板削りが八丁堀の同心を連れて帰ってきたことに驚いていた。

「へへへ」

左源太は照れた笑みを浮かべ、龍之助がつないだ。

「この者サ、きょうより俺の手の者としてお上の用に役立ってもらう。皆もそのつもりで助《す》けてやってくれ」

「えぇえ。だって左源太さん、気はいい人なんだけど……」

付木売りの婆さんが言いかけ、

「へへえ、これかい」

「さよう。ま、お上にもいろいろあらあな」

隠すよりも逆に腕をまくった左源太に、龍之助はまたつないだ。

「いいんじゃござんせんかねえ」

「さよう。人はいろいろ、お上もさまざま」

小唄の師匠が言ったのへ占い師がつなぎ、路地になごやかな空気がながれた。

さっそくであった。

「おっ、もう来なすった」

路地の入り口のほうへ目を向けた際物師が緊張したように言った。住人らの視線が一斉にそのほうへ向かった。

「おう、いい知らせだ。これから行こうと思ってたんだ」

左源太が声を投げた。来たのは若い者を一人連れた、大松一家の代貸・伊三次だった。堅気の際物師が〝もう〟と言ったように、八丁堀の定廻りが町へ入るのを見た住人が大松一家へ知らせ、さっそく伊三次が逆見廻りに来たのだった。ほかの同心ならここで一悶着《ひともんちゃく》、起こるはずである。だが左源太が相好を崩し、代貸の伊三次が、

「これは鬼頭の旦那、きょうのお姿は？」

愛想よく腰を折ったものだから、

「えぇ？」

と、路地には二度目の驚きとともに、二度目の安堵の息がながれた。

長屋の路地ばかりではない。

「そいつはいい。鬼頭さまがこのあたりを直接仕切ってくださるたあ」

紅亭の奥の部屋で、小柄な大松の弥五郎も龍之助を前に、坊主頭を撫でていた。龍

之助は応じた。

「俺もこの配置替え、満足に思えてのう。今後の御用に何かと頼りにしているぜ」

「それはもう、お役に立ちとうございます。町の堅気衆や街道おもてのお人らのためなら。なにやら鬼頭さまの、新たな門出《かどで》といった感じがいたしやすねえ」

「あっしも、そう思いやす」

大松の弥五郎の言葉に、伊三次も真顔で応じていた。

龍之助は話をつづけた。

「お甲も俺の岡っ引だからなあ」

奉行所で受持ち替えが明らかになったとき、左源太とともに龍之助の脳裡に浮かんだ顔である。どの岡っ引も、手札を書いてくれた同心の受持ち範囲内に塒《ねぐら》を置いているものだ。お甲は金杉橋で一役買った翌日、

「向こうの盆茣蓙、そう留守にもできませんので」

と、音羽に引き揚げていた。

翌日から、どの定町同心も岡っ引の調整をしていた。塒を替えさせる者、同僚に引継ぎを依頼する者などさまざまである。龍之助も引継ぎを頼まれた岡っ引はそのまま

受け入れた。だが、最も重きを置いている岡っ引は左源太とお甲である。ほかはただの耳役にすぎない。もっとも、それが本来の岡っ引なのだが。

挟箱持の茂市と岡っ引の左源太をともない、龍之助が音羽町に出向いたのは、その翌日のことであった。音羽三丁目の紅屋へ、お甲に盆茣蓙の賽《さい》を預けている貸元を呼んだ。奉行所の同心が正面切って名指ししてきたのでは、音羽の貸元も顔を出さないわけにはいかない。

「まあっ、あたしを迎えに来てくれたのネ」

お気に入りの桔梗模様の着物でお甲も同席し、美形の顔をほころばせていた。そのようなお甲に音羽の貸元は苦笑せざるを得ず、しかも奉行所の同心が賭場の開帳にはなんら咎《とが》め立てしないのでは、かえって不気味さを感じる。

「音羽の貸元もネ、堅気のみなさんを楽しませる盆茣蓙をお望みで、あたしもやりやすかったでござんすよ」

お甲が言うのにも貸元は恐縮したように苦笑いをしていた。

話がまとまったところで音羽の貸元は、お甲の移る先が芝の神明町で、しかもその同心が、いま目の前にいる剣客のような人物と知り、感ずるものがあったのか目をキラリと光らせた。北町奉行所の与力と隠密同心の失踪が神明町絡《がら》みらしいとの噂は、江戸の貸元衆のあいだではながれている。といっても、お甲が自分の手がうしろへまわるようなことを洩らすはずはない。噂は闇に生きる貸元たちの、一種独特の嗅覚《きゅうかく》というほかはない。

「旦那は、まさか」

音羽の貸元は龍之助の双眸《そうぼう》を見つめた。龍之助は瞬時鋭い視線を返し、すぐ柔和な表情に戻り、

「はは、野暮なことは訊くねえ。人にもいろいろありゃあ、同心もいろいろよ」

独特の嗅覚には、これで十分であった。対手の貸元も、

「へえ、さようで」

納得した表情になった。ここでさらに訊くようでは、闇の世界に根を張る器量が疑われよう。

音羽からの帰り、

「お甲も、なかなかの貸元に買われていたものだなあ」

「へえ、あっしもそのように見受けやした」

龍之助と左源太は話した。

「旦那さまア。まさかお甲さん、組屋敷へ入れなさるんじゃねえでしょうなあ」

挟箱持の茂市が背後から言った。龍之助は三十路《みそじ》を三年も越しているとはいえ、まだやもめなのだ。

そのお甲が身のまわりの品をまとめ神明町に入ったのは、それから二日後のことだった。音羽の貸元が二人も若い者を荷物運びにつけたのは、いかに貸元がお甲をありがたがっていたかを示している。神明町でも、石段下の紅亭で四畳半ながら一室を与えられ、お座敷がかかったときだけの芸者で、あとは自儘《じまま》に過ごせるけっこうな身分が用意されていた。

迎えた龍之助は、

「お甲よ。おめえには当面、隠密でいてもらうぜ。そのほうがおめえにはいい働きができそうだからなあ」

言い、お甲もニコリと頷いた。

紅亭でその夜、

「こんなの、あたし初めて」

お甲は芸者姿を披露した。

「おぉお！」

「これが、あの山家《やまが》の小猿？」

いまさらながらに龍之助と左源太は目を丸くした。本来の美形へ、苦労というより凄みを重ねた二十五歳の艶《あで》やかさに、

「色気を超えたこの香り……」

わけの分からない言葉で紅亭の女将も大喜びであった。


受持ち替えから四、五日も経てば、それぞれの岡っ引の手当ても町々の自身番への周知も終え、奉行所のなかで定町同心たちは落ち着きを取り戻していた。

その溜り部屋で話題になった。

「神明町に手先を置いた？」

「寺社の門前ではないか。その手先、そこでやっていけるのか？」

龍之助が門前町に岡っ引の塒を据えたことである。

「ははは、隠すからかえって危険。あからさまに置きゃあ、向こうも迂闊《うかつ》なことはできますまいよ」

〝向こう〟というのは、すなわち門前町に巣喰う闇の勢力である。

「知りませぬぞ、何が起こっても」

言ったのは、これまで神明町を範囲にしていた同僚だった。

葉月もなかばになった。

——定町廻りの者ども。世相不安なれば日々の役務に心せよ

奉行の曲淵甲斐守から与力を通じて下知があった。

「お奉行はのう、はっきり申されなんだが、米騒動を懸念しておいでのようだ」

下知を伝えた与力は、奉行から受けた感触を洩らした。同心たちの脳裡をよぎったのは、先月の本郷弓町と日本橋浜町の米問屋への打ち壊しだった。与力もそのことに触れた。

「うっ？」

龍之助は湯呑みを持った手をとめ、小さな呻きを洩らした。

「いかがいたした」

隣に座っていた同僚が声をかけてきた。

「いや、なんでもない」

湯呑みを口に運んだ。その脳裡には、

(弓町に浜町、相良藩の上屋敷と中屋敷のある町ではないか)

偶然の一致かもしれないが、そこに気づいた龍之助の脳裡は、下屋敷の蠣殻町の近辺を思い浮かべていた。さいわい……と言うべきか、江戸湾の波音が近くに聞こえる

場所柄から、商家といえば廻船問屋か海産物問屋で、米問屋はない。ホッと得体の知れない安堵が胸中にながれた。

(わが父・田沼意次を狙った騒動)

の疑念がよぎったのだ。

なるほど田沼意次が老中に就いてより、柳営は商業の振興策を推し進め世は活気づいているが、それが米相場の乱高下をきたし、北陸の飢饉も重なって皮肉にも貧民を生む一面も顕在化させた。米問屋の打ち壊しは、そのなかに発生したのだ。もちろん騒動と聞き、いずれも自身番では手が出ず、与力一騎が同心三名に捕方十数人を引き連れ駈けつけた。暴徒らは散ったあとだった。一人も捕縛できず、集まった野次馬から出役の一行は嘲笑されただけだった。奉行所の失態は当然、柳営の汚点となる。いま、その柳営の頂点にあるのが、

(すなわち、意次)

なのだ。

「また一斉がありましょうかなあ。私はこれから、微行《びこう》の回数を増やしますよ」

龍之助は声をかけてきた同僚に返した。

「はは、それがよろしかろう。われらが一斉廻りなどまたやったなら、庶民どもに奉

行所がうろたえているように映りますからなあ」

「そうですなあ」

応えながら、龍之助はなるほどと思った。同僚の返答が、まるで奉行の思いを代弁しているように思えたのだ。

実際に、龍之助は洗いざらしの袴をつけ微行を丹念におこなった。いまのところ街道筋の自身番は、自然発生的な不穏な素地を掬《すく》い取っていなかった。

三

葉月もなかばを過ぎると、早朝は涼しさのなかにフッと鳥肌の立つこともある。そうした肌寒さを覚える日の出ごろだった。

「兄イ、兄イ！　いやさ鬼頭の、旦那っ」

声とともに冠木門を激しく叩く音が響いた。庭に出ていた茂市がすぐに開けた。左源太である。龍之助はまだ寝巻きのままだった。縁側の雨戸を開けた。朝靄《あさもや》に茂市を押しのけるように庭へ飛び込んできたのが目に入った。

「まあまあ、左源太さん」

台所で朝餉の用意をしていたウメが冷たい水を柄杓《ひしゃく》ごと持って出てきた。

「ありがてえ、ウメさん」

左源太は口の両端からこぼしながら飲み、

「これを」

左手に握り締めていた紙片を、縁側で中腰になった龍之助に示した。

「どれ」

龍之助は手に取り、皺《しわ》を伸ばした。半紙を半分に切ったほどの大きさだった。文字数は少ない。一読した。

「これは！」

「でしょう！　だからともかく走って来たのでさあ」

「話せ、状況を」

「へいっ」

左源太は右手の柄杓をウメに返し、庭に立ったまま話しはじめた。

「へへ、昨夜ちょいとご開帳がありやしてネ。例のもみじ屋でさあ。伊三次さんも出張ってお甲が壺を振ってるもんでネ」

博打《ばくち》は当然ご法度《はっと》である。遠慮気味に言い、

「まあ、一応、座が引けやしてネ。あっしもお客さんの無事のお帰りをってんで街道まで見送ったと思ってくだせえ。兄イ、この前《めえ》の微行のとき言ってたでがしょ、米屋の周辺に目を配っておれって」

それでまだ暗いなか、左源太は足を街道へ向けたという。

「すると、ひょいと物陰に隠れた影がありやしてね。もちろんさっき見送った客なんかじゃねえ。……誰だ！　誰何《すいか》をかけやした。出てこねえ。逆に路地を逃げ走る足音がするじゃありやせんか。それも一人じゃねえ。二人、いや三人。あっしも路地まで走りやしたが、なにぶん夜明け前でさあ。見失いやした。すると足元にヒラヒラ。それがこいつでさあ。神明通りの常夜灯のとこへ戻って、紙面を見てビックリ。なにはともあれ兄イに、いや、旦那にと走ってきた次第でさあ」

紙片には、

――本日　米一合ずつ　先着五十名様にロハにてお分け仕候《しそうろう》　利根屋《とねや》　謹

ロハとは〝只《ただ》〟の文字を分解した庶民言葉である。利根屋は神明町の通りから街道に出て北へ三軒目に暖簾を張る米問屋である。

夜明け直前に近辺へ〝ロハ〟で品を配るなどと記した紙片を何枚も貼る。先着順となれば、夜明けとともに人が集まってくる。ときどき市中に見る、特定の商舗《みせ》への嫌

がらせである。それが米問屋なら、

（殺到し……押し問答のすえ打ち壊しにも）

連想してもおかしくない。しかも、逃げた。貼ろうとしているところを見られたか
らだろう。

「でかしたぞ、左源太」

「へへ、その言葉が欲しくって」

「で、貼ってあったのはないか。そのあと怪しい影は⁉」

「ぬかりありやせん。大松の若いのへすぐ伊三次さんに知らせるよう頼み、それから
でさあ、こっちへ尻端折になったのは」

「ふむ。おめえ、もう立派な岡っ引だぜ。悪いがもう一走り、神明町へ戻って首尾を
見て、すぐまたここへ戻ってこい。俺がいなきゃ茂市に居場所を教えておくから」

「へいっ、がってん」

言ったとき、左源太はもう身を返していた。

「あれれ。朝ご飯、用意しようと思ってたのに」

冠木門を走り出る背に、ウメが言っていた。

「すぐまた戻ってくる。そのとき何かふるまってやってくれ」

ウメに言うと龍之助は寝巻きを急いで着替え、おなじ八丁堀にある与力の組屋敷へ向かった。この時刻、与力も起きたばかりであろう。

八丁堀にも、早朝の豆腐屋や納豆売りが一軒一軒まわってくる。

「お早いお出ましで」

「ご苦労さまにございます」

往還ですれ違うそれら棒手振《ぼてふり》の挨拶を受けながら、

（ふふ。昨夜盆茣蓙が開かれず、左源太が夜中に街道へ出ていなかったなら、いまごろ街道は……いや、他所にも伝播すれば江戸市中が大騒動に……）

思いながら向かっている先は、こたびの組替えで直属となった与力・平野準一郎《ひらのじゅんいちろう》の屋敷であった。奉行の下知を同心らに伝えるとき、〝米騒動を懸念しておいでのようだ〟と感触を洩らしたのもこの与力である。龍之助はこの与力にかねてから同類のものを感じていた。代々つづく与力の屋敷に次男として生まれ、部屋住《へやずみ》の身で八丁堀を飛び出し放蕩をくり返していたところ、兄の病死で家を継ぎ十年ほどになる四十がらみの与力であった。市井に最も通じている与力として、組替えのとき隠密束ねに就くのではないかと目されていたが、そうならなかったことに、

「昔の放蕩がのう」

奉行所内の者は言っていた。

平野準一郎は、下男に朝の髷を結わせているところだった。そのまま皺のよった紙片に目を通し、

「ふむ」

頷き、下男を部屋から出した。平野準一郎もとっさに、

(米騒動)

を連想したようだ。月代《さかやき》を剃ったところで、ざんばら髪になっている。髷をまだ結いなおしていない龍之助と、ざんばら髪の平野準一郎が向かい合い、朝というよりも大捕物を終えたあとのような光景だ。

「私の手の者が……」

いかに相手が平野準一郎とはいえ、ご開帳などとは言えない。

「深夜の微行をしておりまして……」

経緯《いきさつ》を話した。

「ふむ、ふむふむ」

平野は幾度も頷き、

「東海道でなあ……そうか。事が起こりゃあたちまち尾ひれをつけ、海道筋から市中

へ広がろうよ。なかなかの策士じゃねえか」

　奉行所以外では、ものの言いようが伝法になるのも龍之助と似ている。

「昨夜はおめえの手先に初動を見られ、さっさと引き揚げた。だが、そやつらはその者がお上の息がかかった者だなどとは思っていまい。ということは、今宵また、さらに手を増やし、しかも用心深く……どうじゃ」

「御意《ぎょい》」

「なれど、お奉行に言ったところで人数は出すまいよ」

「なにゆえ？」

「ふふ。おめえらしくもねえ問いだのう。考えてもみよ。人数を出せば、向こうさんは現場を替えるだけのこと。大仰《おおぎょう》に捕方を出したわ、他所で騒がれたわ、手ぶらで引き揚げたわじゃ、それこそ北町奉行所は世間から二重、三重の嗤《わら》いものだぜ」

「あっ」

　龍之助は得心の声を洩らした。

（保身）

　である。平野与力は奉行の考えを先読みしている。

　さらにつづけた。

「だからよう、きょう一日、目立たぬようおめえが単身微行をしろ。昼夜廻りのつもりでな。奉行所からも手を二人ほどまわすゆえ、おめえの手足に使え。こっちもあしたの朝まで、呉服橋御門内でそっと出役の用意をしておこうじゃねえか。さ、行け」

平野準一郎は言うと、

「おおい、髪結のつづきだ」

襖の向こうに声を投げた。

腰を上げかけた龍之助に、

「そうそう。いかがわしい動きを見つけたらなあ、雑魚《ざこ》など放っておいて差配している奴《の》らしい奴を見つけ、あとを尾《つ》けて居所を突きとめろ。そこが知りてえ」

「はっ」

元結《もとゆい》の紐を持った平野家の下男と敷居のところですれ違った。いつも平野与力の挟箱持をしている下男で、龍之助とも面識がある。

太陽が出たばかりだ。

「よし」

ふりそそぐ光線が、全身に心地よかった。朝の物売りたちの姿はもうない。人影が消えた冠木門のならびに、処々から煙が流れ出てきている。同僚たちはこれから朝餉であろう。

「旦那さま。左源太さん、徹夜だったんでござんしょう。わしが一走り行ってようすを見てきやしょうかね」

組屋敷の冠木門をくぐるなり茂市が待っていたように言う。

「ええっ、おまえさん。そりゃ困るよ。左源太さんの朝ご飯、用意してるのにサ」

ウメが横から口をはさんだ。茂市もウメも左源太に好意的なのが、龍之助には嬉しい。

朝餉はあとまわしにし、茂市に髷を結わせながら待った。平野与力からきょう一日単身微行を言われているため、自儘《じまま》に時を使うことができる。

「小銀杏じゃなく、適当に散らしてくれ。浪人に見せかけるためだ」

龍之助は注文をつけた。

走り込んできた。朝めしはまだだった。尻端折はしても、腕まくりのできないのが痛々しい。だが左源太は屈託ない。

「ありがてえ、兄イ。待っててくれたんですかい」

感動したように言う。

座に着くなり、箸と口と湯呑みの手を同時に動かしはじめた。

「伊三次さんが朝まだきに大松一家の若い連中を動員してくれまして……」

近辺のかなり広い範囲を走ったが貼られている紙片はなく、胡乱《うろん》な人影もなかったらしい。

ありがたい。が、

(まずい)

伊三次たちにすれば、近辺を走り目立てば自己の勢力を誇示することにもなる。平野与力の言う〝向こうさん〟に警戒感を与えるだけだ。その〝向こうさん〟を気づかぬふりをして呼び込むのが、きょうの仕事なのだ。

「左源太。おめえは喰ったらしばらくここで休んでいけ。俺は先に神明町に行ってるから」

「待ってくれ、兄イ。俺も一緒に行かあ」

左源太は手と顎の動きを速めた。

街道はとっくに一日が始まっている。往来人や荷車のあいだを町駕籠まで走り、供を従えた権門駕籠を道の脇へ迂回するように追い越していった。

洗いざらしの袴をつけ網笠をかぶり、一見浪人である。笠をとっても小銀杏でなければ八丁堀には見えない。だから尻端折の町人と肩をならべて歩くことができる。折り目の通った袴に羽織をつけていたなら、左源太は一歩下がって歩を取らなければならない。

「占い師ナ、いつもどこで商《あきな》っているのだ」

「え？　あの野郎ですかい。ま、大体は神明町の通りでやすが、それが何か？」

「きょうは街道に出てもらおう。利根屋の近くにな」

「あ、分かった。見張りで」

「そうだ。だからおめえは安心して、きょうは長屋で夕方まで寝ておきな」

「へへ、そうさせてもらいまさあ。八丁堀で昼寝なんざ、どうも落ち着かねえ」

「ま、そう言うな。ところであの爺《じっ》つぁんだが、長いあいだ立ってたり、走ったりはできるかい」

「へへへへ。兄イも騙《だま》されやしたね」

「なに？」

「おっとっと」

急ぎの荷か大八車が土ぼこりを上げながら二人を追い越して行った。車輪の音に、前方の女も男も慌てて脇へ避けている。

「あの父《とっ》つぁんねえ、商売柄、爺《じじ》イに見せかけているだけでさあ。占い信兵衛《しんべえ》っていいやしてネ、本当は四十にもなっていやせんや」

「ほう、そうだったのか。こいつはやられた。

龍之助は感心したように返した。まったく目をごまかされていたのだ。

話しているうちに神明町に入った。

利根屋の前を通った。大八車が三台もとまり、人足や丁稚たちが出てせわしなく米俵の積み下ろしをしている。こうした人目につくところでの荷の積み下ろしは大事なのだ。繁盛――を、示すことになる。

「へへ。これじゃきっかけさえありゃあ襲ってくれって言ってるようなもんですぜ」

「ふむ」

左源太の弁に頷きを入れ、通り過ぎた。

神明町の通りへの角に、大振りな茶店がある。利根屋からは二軒目になる。屋号がまた〝紅亭〟である。〝茶店本舗《ほんぽ》　紅亭　氏子中〟と大書した幟《のぼり》を街道へ目立つように立てている。神明宮への参詣客が一休みにとけっこう繁盛している。聞けばもともと紅亭は街道に面した茶店で、石段下の店は分店だったが、門前町と街道筋の需要に応え、石段下の店を拡張するとともに割烹としたらしい。町の者は〝街道の紅亭〟に〝石段下の紅亭〟と、あるいは〝茶店の紅亭〟に〝割烹の紅亭〟などと言い分けているようだ。龍之助は大松の弥五郎に関わりを訊いたことがある。

「――ふふふ、鬼頭さま。野暮なことは訊かねえでくだせえよ」

弥五郎は応えた。紅亭の女将は、大柄で恰幅のいい年増女だ。小柄な弥五郎は、そういう女が好みのようだ。

（ここを見張り処に使えそうだ）

思いながら角を曲がった。

四

午《ひる》を過ぎた。

茶店の紅亭は、おもてにも縁台を出し、なかに入れば通路の両側が板敷きの入れ込みになって衝立《ついたて》でいくつかに仕切ってあり、奥に畳の部屋が四室ほどある。部屋の板戸を閉めていても、通路に履物を脱ぐので何人入っているか、男か女かすぐ分かる。正真正銘茶店だから料理はなく、お茶と茶菓子に団子などのおつまみ程度しかない。のお茶処である。部屋の櫺子《れんじ》窓からは神明町の通りか、もう片方は隣との路地だけでいずれも街道は見えず、だから見張り処というより待機処といったほうが適切だ。

その神明町の通りが見える部屋のほうに、履物が三足ならんでいた。女物が一足、お甲だ。明け方から午前《ひるまえ》まで割烹の紅亭の奥で寝ていて、起きると伊三次から龍之助が来ていると聞いたものだから、

「――ならばあたしも」

と、押しかけるように駈けつけたのだ。むろん男物の草履は龍之助である。もう一人は、平野準一郎が奉行所から遣《つか》わした捕手《とりて》だった。もちろん六尺棒を持たせて出すような頓馬《とんま》なことはしない。甲懸《こうがけ》を履き動きやすい職人姿で来ている。それらしく見せかける、大工の道具箱を担いできていた。その道具箱が二つある。一人は手ぶらで外に出ている。

部屋には、緊張が走っていた。さきほど茶店の紅亭の軒を借りるように台を据えて商っている、占い信兵衛が老年の足取りで入ってきて、

「――半刻（およそ一時間）も前から利根屋の前を行ったり来たりし、見ていると近くの脇道にも入ったり出たり。深編笠のお武家二人に供の者らしい菅笠の町人が一人で、いまこの茶店に入って入れ込みに座っております。外では明らかに顔を隠しているようで、店にも笠を脱がずに入りました」

若々しい口調で知らせてきたのだ。なるほどこの男、よく見ると顔の艶《つや》が若い。小

さな顎髭《あごひげ》と鼻髭は本物だが白髪まじりの部分は付け髭だった。茶人のような地味な頭巾《ずきん》からはみ出している白髪も、頭巾に糊付《のりづ》けしているものだ。

龍之助と左源太が神明町に着いたとき、占い信兵衛はまだ商いに出ていなかった。事情を話すと大喜びで引き受けたものだ。茶店の紅亭の軒下を借りるのは、伊三次が女将に直接かけ合った。部屋ももちろんそうであり、大松の弥五郎の口利きもあり、しかも御用の筋とあっては、

「――よございますとも。お茶代などいりませぬ」

と、二つ返事で奥の部屋を用意してくれたのだった。それ以外は、大松一家にはすべて手を引かせた。弥五郎も伊三次も不満顔だったが、龍之助が十手をふところに言うのでは仕方がない。伊三次がまだ、用心するよう利根屋に話していなかったのも幸いだった。

龍之助はふらりとおもてへ出るふりをして、その武士二人と町人一人を確認した。屋内とあっては、当然武士も町人も笠をとっている。二人は歴《れっき》とした武士で、まったく知らない顔だった。

(旗本ではなく、いずれかの藩士)

直感した。だが、占い信兵衛が町人と言った男、着流しに菅笠をかぶっていたから

そう見えたのだろう。髷が町人ではない。

（足軽）

であった。

ならば、仕掛け人は、

（大名家）

ということになる。

このなかに左源太が見た影がいるかどうか……職人姿の捕手を一人、長屋に走らせたのだ。入れ込みのあいだの通路をゆっくり通ったとき、武士の一人が、

「今宵は……」

言っていたのが聞こえた。耳に入ったのはそれだけである。隣の衝立に場を替えようかとも思ったが、部屋からの移動は不自然である。そのまま奥の部屋に戻った。

（やつら、今宵もきっと仕掛けてくる）

龍之助は確信を持った。

昨夜、というよりも今朝方のことである。さる藩邸で逃げ帰ってきた足軽を、いま入れ込みに座っている武士は叱責《しっせき》していた。

「——見つかったなら、なぜ撒《ま》いてもう一度やらなかった。どうせ深夜帰りの酔っ払

いであろう。ご家老は早急《さっきゅう》にと申されておいでなのじゃ。ご家老のご下知は、殿のご下命でもあるぞ」

「――ははーっ」

「――今宵は俺たちも同道しようぞ。邪魔が入れば、追い散らしてやる」

それがどの藩か、今夜、釣り上げようというのである。

焦りを感じる。左源太が来るまでに入れ込みの三人は出てしまわないか……。

「ご注文はお茶だけですが、まだお立ちのようすはありません」

茶汲み女が奥の部屋へそっと告げにきた。

「――お役に立て」

伊三次から言われているようだ。だがお茶だけでは、そう長居はしないだろう。

「あたしがちょいと行って、もっと長居するように仕向けてきましょうか」

「馬鹿、よせ。何事も自然のままにだ」

お甲が言ったのを龍之助は叱責した。

「はい、はい。ならば待ちまする」

ふてくされたようなお甲の言いようが、龍之助への甘えのようにも聞こえる。

龍之助はそれを無視するように、

「まだ来ぬなあ」

　糯子窓から外をのぞいた。神明宮の通りの、ちょうど街道への出口のあたりが見える。着飾っているのは参詣客か、女中を連れたご新造、丁稚を連れたお店《たな》の旦那、それに町駕籠も入ってくる。職人姿も、

（左源太）

　と、思ったが別人だった。

　その左源太は、寝ていたところを大工姿の男に起こされ、

「なんだよう、おめえ」

　さすがに徹夜のうえ八丁堀へ駈け足で二往復もした疲れか、寝ぼけ眼《まなこ》をつくった。男が奉行所の捕手で、しかも事情を聞き、

「えっ。すぐ行かあ」

　井戸端で顔に水をぶっかけるなり腹掛《はらがけ》に半纏《はんてん》を引っかけ、

「で、どこでえ。え、茶店の紅亭！」

　もう大工姿の捕手の前に立っていた。

　乱れたままだった髷を手で撫でつけながら脇道から神明町の通りへ出ると、

「でもよ、お武家が二人ってえのはどういうことだい」

歩調をまわりとおなじそぞろ歩きに変えた。目立たぬよう気をつかっているのだ。

やはり岡っ引である。もう、以前の無頼ではない。

「そんなこと、わしが知るかい」

と、大工姿の捕手。

「もっともだ」

左源太は返し、二人の足は街道に出た。すぐ左手の角が茶店の紅亭である。

なかでは、

「いま、お立ちでございます」

茶汲み女が奥の部屋へ知らせに来たところだった。どの目も櫺子窓から離れた。

「うっ、仕方がない。尾《つ》けるぞ」

「はいな」

龍之助と同時にお甲も腰を上げ、

「わしもで？」

大工姿の捕手もつづいた。

武士二人は深編笠を手に通路へ下り、足軽もそれにつづいた。

奥の板戸を開けた龍之助の目にそれらの背が入った。

おもてでは、

「へへ、このなかかい」

左源太の頭が暖簾を分けた。

出ようとする武士二人と鉢合わせになった。

「うっ」

相手が武士であるためか、左源太は反射的に一歩脇へ避けた。武士二人は暖簾の内側で深編笠をかぶろうとしていた。その顔を左源太は見た。身が硬直した。武士二人は脇に寄った職人たちを意に介することもなく、深編笠の紐を結び悠然と暖簾を出て街道を北へ歩みはじめた。

「ううううっ」

左源太のかすかに唸っているのを横に立つ大工姿の捕手は聞き、

「あれだよ」

言ったがなおも唸りはやまず、目が固定したかのように、ゆっくりと街道を遠ざかる深編笠二人の背に向けられていた。

「左源太さん」

「んん」

ふたたび大工姿の捕手にかけられた声に左源太は反応し、ふらりと街道へ踏み出すと深編笠の武士二人のあとを追った。武士の背後には、菅笠で町人に見える足軽が手ぶらでつづいている。

「………?」

解せぬようすに首をかしげたのは、置いてきぼりになった捕手だけではない。この光景は奥の通路から、龍之助とお甲の目にも入っていた。

不可解さに、固唾《かたず》を呑んだ。

奥からの視界に左源太の半纏が消えると、

「どうした?　尾けるぞ」

「あい」

お甲はつづき、

「おまえはここで待て」

龍之助は部屋から出てきた大工姿の捕手を残し、入れ込みのほうへ出た。

「おまえはついてこい」

「は、はい」

暖簾の外で脇に避け、立ったままだった大工姿の捕手に同行を命じ、街道に歩み出た。左源太の半纏の背が見える。その前方に深編笠が二つ、揺らいでいる。用心深く尾行するその順序をしばらく保ちながらも、龍之助は首をかしげた。左源太は武士たちに五、六歩ほどの近くまで迫り、いまにも走り寄って声をかけそうな、

(違う)

飛びかかりそうな気配に見える。

「兄《あに》さん、いったい」

お甲もそれを感じ取ったようだ。昨夜見た影をその武士たちに見出し、気を利かせ単独で尾けはじめた雰囲気ではない。

「お甲。左源太をこっちへ下がらせ、おまえが先頭をとれ」

「あ、あい」

龍之助に言われ、お甲は緊張した声を返し速足になった。

二つの深編笠の足は、午過《ひるす》ぎの人通りの多いなかを新橋に近づいている。茶店の紅亭から十二丁(およそ一・二粁《キロ》)ほどの道のりである。新橋の下は外濠《そとぼり》からつづく堀割の水が流れ、江戸湾に注ぎ込んでいる。武士たちに駕籠を拾うようすもなく、屋敷は近くのようだ。

深編笠たちは新橋を渡らず、手前で堀割に沿った往還を西へ折れた。その背も従う

菅笠の足軽も街道から見えなくなった。ちょうどよかった。橋のたもとで人通りが多い。そこでお甲が左源太に声をかけた。立ちどまった。左源太はなにやら興奮したようすを示し、背後の龍之助に視線を投げた。お甲はそのまま堀割の往還に折れた。先頭の交替である。

左源太は立ちどまったまま、龍之助とその数歩うしろを進む大工姿が歩み寄るのと、お甲の進んだ方向を交互に見つめている。

龍之助は近づき、ならんだ。

「あ、兄イッ」

明らかに左源太は興奮している。

「どうした。そのまま進め」

「兄イッ、あいつら。くくくっ」

歩みはじめたが、動くのは足ばかりであとの言葉が出ない。

新橋から堀割に沿った往還を西へ三丁（およそ三百米《メートル》）も進めば外濠の幸橋《さいわいばし》御門の前に出る。その間、片側は堀割でもう一方は町家がつづき、街道ほどではないが人通りはけっこうある。

「歩きながらでいい。どうしたのだ。理由《わけ》を聞こう」

「あいつらっ、あの侍どもっ」

左源太の異常に、背後の捕手は遠慮したか、また数歩あとに下がった。

深編笠二人と足軽の菅笠が、幸橋御門に入った。

「まずい」

龍之助は小さく呟いた。

外濠でも、城門をくぐれば武家地ばかりでそこは城内である。もちろん昼間は町衆も自由往来だが門番が控えており、雰囲気の怪しい者は誰何《すいか》され、浪人は追い返される。十手を示せば通過できようが、姓名と理由と行き先を訊かれるだろう。隠密行にならない。その間に見失うこともあろう。

お甲はそれを知っている。城門の橋のたもとで振り返り、

(任しておいて)

軽く手を上げた。龍之助はとっさの判断で手を上げて応じ、

「左源太、帰るぞ」

「えっ」

「いいから」

背をもと来た新橋のほうに押した。大工姿の捕手にも、

「おまえもだ」

城内で変装した捕手の素性が知れたときの面倒よりも、武士たちの入る屋敷を、

(この者にも知られないほうが……)

その判断からである。左源太の異常なようすの原因も、小者とはいえ奉行所の手の者に知られないほうが……。

ふたたび新橋のたもとに出て街道を来た方向へとりながら、

「門内は人通りも少ない。尾行はお甲一人のほうがかえってよかろう」

話すべき話題を逸らせた。

左源太は無言であった。何を思い詰めているのか、それとも話したくても天下の往来をはばかり口をつぐんでいるのか……。その緊張に、十二丁ほどの道のりがかえって短く感じられた。

茶店の紅亭に着くと、

「おまえたち二人は、石段下の紅亭に行き、しばし休憩しておけ。今夜は徹夜になるかもしれぬで」

大工姿の捕手二人に座を外させた。二人は喜んで茶店の紅亭を出た。奉行所の小者で料亭に上がれるなど通常ではあり得ない。酒と簡単な料理くらいは出してもらえる

だろう。

五

櫺子窓の奥部屋に、龍之助は左源太と二人になった。茶汲み女がまた茶を運んできた。下がるのを待ち、

「いったい、どうしたというのだ」

切り出した。

「兄イ！　俺《おり》ゃあ、俺ゃあもう、だっちもねーですぜ！」

「だから、何があったというのだい。話してみよ」

落ち着かせようと、つとめて冷静な口調で質《ただ》した。左源太の表情から、心ノ臓を極度に高鳴らせているのが看《み》て取れる。

「見つけ、見つけたんでさあ！　十年、十年ですぜ！」

「……ん？　まさか、あれが！　」

龍之助は思い当たった。

そのときだった。板戸の向こうに駈け込んできたような足音が立った。同時に、

「龍之助さま、龍之助さま」

お甲だ。なんとも早い。板戸を開けるなり、

「驚いたア。あのお侍たち、どこへ入ったと思います?」

言いながら部屋に入り、うしろ手で閉めるなり、

「陸奥《むつ》白河藩十万石、松平《まつだいら》さまの上屋敷」

「えっ」

「でしょう。やっぱり龍之助さまもびっくり。あたしもまさかお大名家がと思い、だから早く知らせようと町駕籠を拾って」

「飛ばして来たか」

白河藩松平家の上屋敷は幸橋御門を入れば、白壁に囲まれた真っすぐな一本の往還を二つ目の屋敷である。帰りに駕籠を拾ったなら、龍之助たちより先に紅亭へ着いてもおかしくはない。

「でかしたぞ、お甲」

龍之助は〝白河藩松平家〟と聞くなり、胸の琴線《きんせん》に触れるものを感じていた。驚きである。お甲が言うように、あの紙片の出処が、お大名家だったからといった単純なものではない。江戸市中に米騒動を頻発させ、老中田沼意次を揺さぶろうとしている

のは、徳川御三家に匹敵する御三卿の一つ、田安家《たやす》の血を引く松平定信《さだのぶ》だったのだ。松平定信は御三卿田安家と白河藩十万石を背景に、幕政への参画を夢見ながら田沼意次に排斥《はいせき》され、柳営に役職を得ることができないまま田沼政治批判の急先鋒となっている。町奉行所の同心であっても、そこまでの知識はある。左源太がたまたま拾った紙片一枚の背景は、とてつもなく大きく、田沼意次にとっては予想もつかないほど脅威となるものだったのだ。

「ふむ」

龍之助は頷き、つぎになすべきことを考えようとしたが、

「それよりも、兄《あに》さん。なんだったの、さっきは。それも早く知りたくって」

お甲が左源太に視線を向けた。さきほど龍之助が左源太に質そうとしていたことである。話題は一気にそのほうへ移った。ふたたび白河藩の手の者が動きだすのは深夜であろう。時間はある。

左源太は返した。

「お甲！　俺《おり》ゃあ、見つけたぜ。十年だ！」

「えっ」

お甲は声を上げた。さすがは同郷か、左源太のその一言でさきほどからの落ち着か

ない原因を悟った。

「あの武士が、そうだったのか」

「兄イ、俺ゃぁ」

低く言った龍之助に左源太は返した。声が掠《かす》れている。

以前、左源太は龍之助に話したことがある。

『おっ母アは街道で旅の侍に難癖をつけられ、斬り殺されやした』

難癖を、どのように……龍之助は深く問おうとはしなかった。

『あっしの目の前で……』

左源太は言ったのだ。だからかえって、深く問うことがためらわれたのだ。

「あたしなら、あのような殺されかた、化《ば》けて出てやる」

お甲が横合いから、絞り出すような低い声を入れた。左源太の母が殺されたのは甲州街道の小仏峠《こぼとけとうげ》だった。お甲が在所の小仏宿を離れたのは十二歳のときだ。そのときのようすは、噂に聞いていよう。女の身なら、なおさら憎悪と悔しさを掻き立てられたことであろう。

左源太はそれをサラリと龍之助に話したとき、江戸へ出てきたものの〝生きるの〟が精一杯で、敵《かたき》については何も考えていないようなことを言っていた。素性も名も分からず、江戸に住んでいるとも限らない相手とあっては、それも仕方のないことだったかもしれない。だが、顔は片時も忘れたことはなかったであろう。

「あのときネ、侍は……二人だったんでさあ」

左源太の口調は、不気味に落ち着いたものになっていた。その二人を同時に見つけ、藩も分かったのである。

「で、どうする」

「そんなこと、訊かなくても分かってるじゃありませんか!」

問いを入れた龍之助に、お甲が反発するように身を乗り出した。もちろん、龍之助はいまの左源太の思いがどこにあるか分かっている。思いというよりも、決意というべきものであろう。だからかえって、龍之助は戸惑いを覚えざるを得なかった。

敵討ちとは、武士だけに認められた特権であり、義務でもあるのだ。だが町人がそれをやったなら、情状酌量は認められようが〝殺し〟である。しかも相手が武士で、さらに〝島帰り〟となれば、その結果は目に見えている。加えてこたびは、柳営の権力闘争などという、とてつもない背景がからんでいるのだ。左源太とて、そのあたりは心得ている。だからさっきはその二人を眼前に、飛びかかりたい衝動を懸命にこらえ、歩を踏んでいたのである。

「左源よ」

「へえ」

「この件……」

左源太と、それにお甲の、喰い込むような視線に、

「任せよ」

「兄イ！」

「龍之助さま！」

対手の藩は分かった。だからといって藩邸に乗り込み、

――やあやあ、尋常に……

声を上げることなどできない。

すべては、

――闇に
片付けねばならないのだ。

三人は頷き合った。

「さあて、向こうさんが動くのは深夜、子《ね》の刻（午前零時）も過ぎてからとなろう。

おまえたちもしばらく休んでおけ」

龍之助は腰を上げた。

「兄イ、どこへ？」

「野暮用と思え」

「奉行所？」

お甲が言ったのへ、

「ま、そのようなところだ」

龍之助は返し、茶店の紅亭を出た。

足は街道を新橋のほうへ向かったが、呉服橋御門の奉行所ではなかった。街道をはさんで逆方向となる海岸べりの蠣殻町だった。相良藩五万七千石の下屋敷である。田沼意次が来ているかどうかは分からぬ。しかし、

（ともかく知らせておかねば）

思ったのだ。浪人姿である。町駕籠を拾った。

「急げ」

「へいっ」

走りだした。やがて垂《たれ》の外に喧騒は消え、昼間も人通りのない武家地に入った。蠣殻町だ。

「おっと、ご浪人さま。いけませんや」

駕籠の歩が急ににぶった。

「どうした」

「前方から、なにやら高貴な権門駕籠のご一行が。お大名のような」

「ふむ。どれ」

龍之助は駕籠を降り、目を凝らした。供を三十人ほども従えた行列である。先頭の槍持のすぐうしろ、挟箱に七曜星の家紋が目に入った。相良藩田沼家の家紋である。

龍之助は町駕籠を脇に待たせ、前面に歩み寄って往還に片膝をつき、一行を待つ姿勢に入った。市中で武士が外で他家の権門駕籠と出会えば、片膝をついて名乗りを上げ挨拶するのは珍しくない。権門駕籠はそのまま行き過ぎるか、頷きだけは返すか、あるいは停まって引窓を開け顔を見せるか、挨拶の名乗りを上げた武士の身分によってさまざまだ。離れて待機した駕籠舁き人足二人は首をかしげた。大名家らしい駕籠に挨拶の声を投げようとしているのは、頭は月代《さかやき》を伸ばした百日髷《ひやくにちまげ》ではないが、洗いざらしの袴をつけた浪人姿なのだ。追い散らされるだけかもしれない。

だが、行列は停まった。駕籠のなかから〝停まれ〟の下知が出たのだ。引窓ではなく、引戸が開いた。藩主の田沼意次である。

「これへ」

駕籠のすぐ側を手で示した。龍之助は両手を膝に置いたまま、すり足で前へ進み出た。供の者たちは一様に解《げ》せぬ顔をしている。浪人者の、単なる路上での挨拶ではなさそうだ。さらに田沼意次は、

「皆の者、座を外せ」

命じた。龍之助はすり足で歩み寄った。

白壁の往還に、権門駕籠と龍之助だけを残した空間ができた。武士も腰元衆も中間たちも、離れて片膝をつき待機している。

「いかがいたした。急用か？」

意次も昨今の柳営の状況から、市井が気になるのであろう。身近に見ると、駕籠のなかの顔には疲労の色が滲み出ているのが分かる。

「はっ。米騒動の件につきまして……」

語りはじめた龍之助の言に、

「うっ」

意次は反応を示した。

もちろん供の者たちには聞こえない。

(市井に放った、殿直属の密偵か)

片膝をついたまま、供の者たちは思っていることであろう。

龍之助は米問屋への打ち壊しが仕組まれたものであり、元凶は、

「白河藩松平家……」

話した。

「卑劣な手を」

駕籠のなかで、意次は吐き捨てるように言い、

「龍之助よ」

優しげな声をかけた。

「はっ?」

「ここで詳しく話すわけにはまいらぬが、のう龍之助」

また名を呼び、

「わしは以前、そなたに〝沙汰を待て〟と言ったが、果たせなくなるやもしれぬ」

「はぁ?」

あとは、顔を近づけねば聞こえぬほど、か細く消え入るような声になった。

龍之助の表情に緊張が走った。

中腰のまま数歩下がり、ふたたび片膝を立て、見送る姿勢をとった。

引戸は閉まり、

「お立ーちぃー」

一行は元の隊形に戻り、動きはじめた。

龍之助は片膝のまま、しばし呆然と見送った。

「上様が、お倒れになった」

田沼意次は言ったのである。もちろん意次の言う〝上様〟とは、第十代家治《いえはる》将軍である。家治将軍あっての老中・田沼意次であることは、龍之助も承知している。日にちを聞けば、奉行所で一斉町廻りの下知があったころと一致している。奉行が柳営の異状に敏感に反応しすぎたのであろう。

それ以降、おなじ下知がなかったのは、

「かえって世上に不安を焚きつける」

曲淵《まがりぶち》甲斐守《かいのかみ》は判断したのかもしれない。

その後の病状は、

(回復不能)

意次の言葉からも表情からも推測される。柳営のきわめて一部のみが知る、極秘の事柄である。だが龍之助は、そうした柳営の動きよりも意次がかつて〝沙汰を待て〟と言ったのを、この状況下にも関わらず覚えていてくれ、しかも気にかけていてくれたことに、

「父上」

遠ざかる行列の殿《しんがり》に、思わず呟いた。

「ご浪人さま！　いってえあなたさまは！」

驚愕したように駕籠舁き人足が駈け寄ってきた。二人そろってなおも問おうとするのを、

「訊くな」

一喝し、

「呉服橋御門へ」

ふたたび町駕籠の激しい揺れに身を委《ゆだ》ねた。

まだ陽は高い。

与力の平野準一郎も、

「えっ！　まさかと思うたが」

驚いた反応を見せ、

「ふむ、事前に分かってよかった。でかしたぞ鬼頭。あとは簡単だ。騒ぎが起きぬようにするだけだ。員数はそろえておこう。だが、出張《でば》らなくともよいように現場でうまく処置せよ」

命じた。張り紙を貼らせなければ、打ち壊しの人数は集まらず、平穏な朝が迎えられる。簡単なことだ。平野準一郎の目指すところはその一点、白河藩を抑えることではない。江戸市中の平穏である。〝うまく処置せよ〟とは、縄を打つ者を出してはならないということだ。足軽であれ、縄を打てばその者の背景には、白河藩十万石に御三卿の田安家がある。北町奉行たる曲淵甲斐守は、困った立場に立たされよう。捕えた者を叩き、口を割らせれば、柳営の権力闘争が秘かに進んでいるなか、一方に加担したことになるのだ。

もとより与力の平野準一郎は、鬼頭龍之助の背景を知らない。あくまでも、自分とよく似た、

(市井のなかから出てきた男)

なのだ。だからこそ、

(うまく処置し、面倒に巻き込まれるのは避けよ)

言っているのである。

六

陽が落ちるまでにと家路を急ぐ往来人や大八車、荷馬がせわしくなく動き、街道はいつもの夕暮れ時の慌しさを見せていた。左源太もお甲もそれぞれの塒《ねぐら》に帰り、街道筋の茶店は日暮れとともに、外に出していた縁台をしまい、暖簾も下げる。代わって奥の割烹の紅亭はこれからが書き入れ時となる。

龍之助は茶店の奥部屋でゴロリと横になった。

「さあて」

たった一人の軍議に入った。

さきほど伊三次が来て、

「――あっしらにも役務を振り分けてくだせえ。町の平穏のためなら」

大松の弥五郎の意思でもあろう。起こるとすれば、夜が明けてからになる。

「――念のためだ。夜明けのころ、人数を集めておいてくれ。それにな、死人《しびと》が出たら、そのときはよろしく頼むぞ」

龍之助はひとまず伊三次を帰らせ、みょうな依頼もした。伊三次は龍之助の強い表情を見つめ、頷いていた。

「きょうは、へへ。盆茣蓙がねえもんですからね」

と、左源太がふたたび戻ってきたのは、街道おもてに灯《とも》っていた飲み屋の明かりも消えはじめた五ツ（およそ午後八時）時分だった。お甲と、それに大工姿の捕手二人も一緒だった。茶店の紅亭は、とっくに雨戸も閉じている。裏の勝手口から入ってきた。部屋も神明町の通りの側ではなく、反対側で明かりが外からは見えない。

「左源太、ついてこい。見廻りだ。まだ夜明けまでたっぷり時間はある。おめえらは休んでおれ」

龍之助はお甲と大工姿の捕手二人を残し、左源太一人を連れ外に出た。

言ったとおり、見廻りだった。神明町の自身番から街道筋のほうも数カ所、自身番はいずれも枝道をすこし入ったところにある。明かりが点いている。ただ前を通るだけで、声をかけたりはしない。どこも警戒を厳にしているようすはない。利根屋の前も通った。雨戸を閉じ、明かりはない。自身番も利根屋も、きょう一日の動きをまったく知らないのだ。

「どうだ。これでいいか」

「へえ、兄イ」

龍之助が低声《こごえ》で言ったのへ、左源太も低く返した。張り紙を貼らせないだけなら、自身番に警戒を呼びかけ、利根屋にも今朝方の張り紙の一件を話し、番頭や手代に徹夜で周辺を巡回させれば済む。与力の平野準一郎も、龍之助がてっきりそれをしていると思っていることだろう。だが龍之助は、あくまでも〝向こうさん〟を呼び込み、

（あの武士二名が出張ってくれば……）

思いがある。お甲を呼んだのもそのためだ。あの敏捷さは、得がたい戦力だ。

「だが左源太よ、軽挙はいかんぞ。確実に仕留められる場合だけだ」

「へえ」

明かりのない夜道に歩をとりながら、左源太はそっと腹掛の口袋《こうたい》に手を当てた。分銅縄数本に匕首《あいくち》が一振り入っている。今宵の策に確実性はなく、偶然に頼っているのだ。

茶店の紅亭に戻った。お甲は隣の部屋で寝ていた。

「鬼頭さま。あの女《ひと》、いったい何者ですかい。よくこんなときに眠れますもんで」

「ふふ。俺の秘蔵の手の者と思え」

大工姿の一人が訊いたのへ龍之助は応えた。

それからもときおり目立たぬよう、左源太と大工姿の捕手二人が順に見廻りに出た。

子《ね》の刻を過ぎ、起きてきたお甲が、

「あたしの出番、まだ？」

奉行所の捕手の前で、口にこそ出さないが自分の役目を心得ているようだ。やはり女として、左源太の母親の死が悔しく、その相手が分かったとなれば、もう我慢がならないのだ。だから、あらためて茶店の紅亭に出向くとき、左源太とおなじく短刀を胸に収めていた。

間もなく東の空に明かりが射す。その気配を感じる時分だった。大工姿の捕手二人を一緒に見廻りへ出したのが手違いと言えば言えたかもしれない。まだ暗い。一人が駈け戻ってきた。

「張り紙を！」

言う。場所は神明町の南、増上寺山門から延びる広場のような通りが街道と交わった一帯で、暗いなかに四、五人も出て一斉に貼りはじめたらしい。街道でも夜明けとともに最も早く人の出はじめる箇所である。裏手から走った。差配しているのは昼間見たあの足軽で、貼っているのはいずれも雇った与太どもであろう。藩の名は出していなくとも、

（護り役が）

ついている可能性は高い。もちろん、昼間のあの二人である。

「左源、お甲、行くぞ」

三人は裏手を走った。明かりがなくとも、地理は知り尽くしている。知らせに戻った大工姿もついてきた。

暗い脇道を急ぎながら、

「兄イ、これを」

左源太が腹掛の口袋からなにやら取り出した。龍之助は受け取り、

「あとで」

ふところに入れた。前もって出すのを忘れるほど、左源太は緊張を抑えるのに懸命になっていたのだろう。

「あ、あたしも」

走りながらお甲も手を出した。神明宮の生姜である。

脇道を走り前方に広く暗い空間を感じたときである。影が一人、その空洞から駈け込んできた。見張りについていた大工姿の捕手である。

予測は当たっていた。

大工姿は、壁に貼られた紙片を確認しようと近づいた。やはり護衛が出ていた。

「――こんな時分、怪しいやつ！」

逆に誰何され、抜刀して向かってきた。捕手にすれば想定外のことである。びっくりし慌てて逃げだしたのだ。相手は果たして二名だった。そこへ龍之助らが駈けつけたことになる。すぐに事態を察した。

「なにやつ！」

龍之助は枝道から広い空洞に躍り出て腰を落とした。左源太もお甲も走り出て闇のなかに身構えた。

「む、向こうには、武士がついとるぞ」

龍之助の背後、脇道に逃げ込んだ大工姿は、走り戻ってきた相方の大工姿に抱きかかえられた。平野準一郎から遣わされたこの二人は、夜陰の相手が白河藩松平家の者であることも聞かされていなければ、まして左源太の敵討ちがからんでいることなど知る由《よし》もない。抜刀され慌てても無理はない。

この事態、追ってきた白河藩士二人にとっても想定外だったろう。

「むむっ」

二人同時に立ちどまった。その影の動きから、狼狽しているのが看て取れる。

「引け」

片方が言うや、もう一人も素早くきびすを返した。昼間の二人とは夜陰に確認できない。だが、間違いはないだろう。相手も騒ぎになり藩名が出るのを怖れているのだ。

「むむっ」

「待て」

ふところに手を入れ分銅縄をつかんだ左源太を、龍之助は手で制した。

「あ、兄イ！」

「わきまえろ！」

二人とも斃《たお》すのは可能だ。だが、伊三次が死体の処理をするところなど、奉行所の手の者に見せるわけにはいかない。それに、もうすぐ夜が明ける。すでに東の空が白みかけている。

すでに武士二人の影は見えない。

「どうなっている。ここはもうすこし検討が必要だ」

「そうかもしれん」

二人は夜陰に走りながら話していることであろう。

龍之助は枝道のほうへ振り返った。捕手二人の影が見える。

「もう安心だ。街道に出て張り紙を全部はがせ。俺も行く」

「はっ」

二人は同時に返した。

「左源太！　伊三次に知らせ、手の者を出すよう言ってこい」

「へぇ」

左源太の返事には、不満が籠もっていた。


夜明けを迎えた。利根屋の雨戸が開き、丁稚が出てきておもての掃除を始めた。朝靄《あさもや》の街道はすでに人通りがある。旅に出る者やそれを見送る者たちであろう。いつもと変わりない朝がそこにある。大工姿の捕手二人は八丁堀に向かった。与力・平野準一郎の組屋敷である。そのふところには、はがした紙片が何枚も入っている。

——先着五十名様に……

いずれもおなじ文面が手書きされている。

平野準一郎は頷くことであろう。

「鬼頭め、うまく処理したようだな」

陽が昇り、街道に荷馬や大八車の音も聞こえはじめている。人通りもしだいに増えるなか、茶店の紅亭ではもう縁台を外に出していた。この時刻、参詣人はまだいない。

馬子や大八車の人足たちが、ちょいと口を湿らせていく。

「きょうは、これだけなんですかい」

左源太とお甲の満たされぬ表情に、伊三次は感じるものがあったのか、茶店の部屋で龍之助に視線を向けた。

「きょうは、ナ」

龍之助は返し、

「ともかくおめえんとこの若い衆、一枚も残さずよくはがしてくれた」

話題を変えようとしたところへ、

「階段下のほうで、ちょいと朝餉を用意させておきやしたので」

言いながら大松の弥五郎が入ってきて、龍之助に視線を据えた。朝餉など、一家の親分がわざわざ知らせに来るようなことではない。なにやら話があるようだ。

「鬼頭さま」

と、弥五郎は部屋に腰を据えた。小柄な坊主頭に愛嬌を感じるときもあれば、不気味さを覚えるときもある。いまはその両方であろうか、龍之助に視線を据えたまま、

「伊三次からちょいと聞きやしたが、死人が出たら始末をどうのとか。きょうは出なかったようですが、いつか出ますので?」

結果だけで理由《わけ》を訊こうとしないところなど、やはり不気味といえようか。

「そ、それは……」

「うぉほん」

言いかけた左源太に龍之助は咳払いをし、

「そのうち……だ。そう遠くにはなるめえ。きょうはこれで失礼するぜ。朝餉の用意はありがたいが、甘えたんじゃ組屋敷《うち》の茂市とウメに悪いからなあ」

腰を上げた。

「龍之助さまア」

お甲が腰を浮かし引きとめようとするのを手で制し、外に出た。

街道はすでに雑踏であった。そのなかに歩を踏みながら、

(積み残したか。敵討ちなど、そう簡単には……)

思いはつぎの機会へめぐり、

『新たな門出といった感じが……』

ついこの前、大松の弥五郎の言った言葉が回転していた。

新橋を過ぎ、京橋も渡り、街道を右手の東へ折れれば八丁堀である。着替え、髷を整えればすぐ呉服橋御門に向かわねばならない。

（つぎに一斉町廻りの下知があれば、それは……将軍家の訃報《ふほう》）

新たな境遇がそこにあるような……。

つぎの角を曲がれば、組屋敷の冠木門がならんでいる。

ふところから落ちそうになったものがあった。

「おっ」

手でつかんだ。神明宮の生姜だ。

「おっと。嚙むのを忘れていたな」

口に入れた。

「ううっ」

強い酸味が広がり、身の引き締まる思いがした。

（これからだ）

冠木門をくぐった。

あとがき

人物の評価とは、立場によって、また時代によっても異なり、それが歴史上の人物なら、研究の状況によっても変化する。この物語に登場する田沼意次《たぬまおきつぐ》は、江戸中期の老中で十代将軍家治《いえはる》の側用人として権勢を振い、一般には賄賂・金権政治の権化《ごんげ》のような印象が根強い。だが実際は、現代風に言えば内需拡大による景気刺激策を強力に進めた、開明的な政治家ではなかったのか。本シリーズの第一回は、そうした田沼時代を背景とし、意次の妾腹《しょうふく》で北町奉行所の定町廻り同心・鬼頭龍之助《きとうたつのすけ》を主人公とし、さまざまな悪徳や悲喜の交差する江戸の市井《しせい》を舞台に進行する。

第一話の「見えた闇」は、北町奉行所のお白洲から始まり、居合わせた龍之助は、そこに据えられているのが無宿者の小仏《こぼとけ》の左源太《さげんた》であることに気づく。龍之助は同心になる前から、左源太と因縁があった。龍之助は妾腹とはいえ、意次の落とし胤《だね》である。そうした背景を持つ龍之助が、なぜ市井の無宿人と因縁があったのか。その理由は、母の多岐《たき》が文中で語ることになる。また、お白洲での再会が龍之助と左源太の絆《きずな》を一層強めることにもなる。さらに左源太との因縁で、壺振りの峠のお甲なる妖艶な女が登場する。龍之助は左源太やお甲との交わりから、江戸市中になにやら得体の知れない賭博《とばく》の一味が跋扈《ばっこ》していることを知り、物語は展開する。

第二話の「決めた道」で、龍之助は左源太とお甲を岡っ引に指名する。だがそれは公然としたものでなく、影の岡っ引と言うべきもので、しかも左源太は塒《ねぐら》をお上の手の者が容易に入れない芝の神明町に置いた。ここに神明町を闇で取り仕切る大松の弥五郎と代貸の伊三次が登場し、本シリーズの主人公を支える脇役陣が出そろう。龍之助は闇の大松一家と結び、得体の知れない賭博一味の頭《かしら》が緑川の甚左《じんざ》で、しかもその背後に北町奉行所の特異な勢力が控えていることを突きとめる。甚左はある目的をもって神明町にもぐりの賭場を開帳し、大松一家を挑発する。その賭場に左源太とお甲がもぐり込み、外では龍之助が待ち受ける。その布陣を大松一家の伊三次が見守り、策が動きだす。思惑は成功するが、完璧なものではなかった。敵方の布陣が、龍之助や大松の弥五郎の予想をはるかに上まわっていたからである。龍之助は奉行所内の不《ふ》逞《てい》勢力を叩き潰そうと決意する。

なお、本編に登場する岡っ引は、テレビドラマのように十手や捕縄《とりなわ》を振りかざして活躍する颯爽《さっそう》としたものではない。その実体については本編でも触れたとおり、奉行所の正式な役職ではなく、あくまで同心の私的な情報屋にすぎなかったことをご理解いただきたい。また、寺社門前町の特殊性についても、寺社奉行と町奉行所の行政区分が原因であったことを本文で触れたが、場所によっては現在もその雰囲気があるのは、なんとこの江戸時代の影響を引いたものと思うがいかがだろうか。

話を元に戻す。第三話の「異変」では、幕府になにやら異変が起きている気配を感じ、龍之助はそこに不安を感じる。その一方で奉行所内の不逞勢力を特定し、その目的も知る。実現すれば、江戸の闇世界に大混乱をもたらすものであった。龍之助は秘かにその奉行所内の不逞勢力を斃《たお》す機会を狙い、神明町の大松一家も手足として動員する。機会は来た。一つは深川《ふかがわ》であり、一つは浜松町の金杉橋《かなすぎばし》であった。龍之助は闇に走り、そこに左源太とお甲が真価を発揮する。江戸の闇世界を揺るがそうとした事件はここに秘かに葬《ほうむ》り去られるが、幕府内に起きている〝異変〟がいよいよ奉行所でも語られはじめる。

第四話の「宿命」で、龍之助の身にも変化があった。その変化を龍之助は佳《か》とし、左源太を裏の岡っ引から表の岡っ引にする。それは同輩の同心たちが驚愕するものであった。さっそく神明町に事件が発生した。事件は、幕府内に起きている異変と連動するものであった。龍之助は神明町を取り仕切る大松一家の協力を得て真相を探ろうとする。その過程に左源太が愕然とすることが発生する。左源太のようすから、龍之助とお甲はある決意をした。一方、神明町の事件の真相を田沼意次に知らせねばと龍之助は田沼家下屋敷へ出向く。意次は幕府内の異変の内容を龍之助に話す。内容は、意次と龍之助の運命を暗示するものであった。

この第四話に松平定信《まつだいらさだのぶ》が登場する。幕府内部での権力闘争で、将軍位に就ける資格を持つ御三卿の田安家を背景とする松平定信を排斥《はいせき》し、老中に就いたのが、紀州藩の足軽の子として生まれ、異例の出世を遂げた田沼意次である。本シリーズの次回は、松平定信が巻き返し、田沼意次を完膚《かんぷ》なきまでに排斥する時代が背景となるが、冒頭に述べた田沼意次＝賄賂・金権とする評価は、この定信の時代に作られたものであろう。つまり、極上の毛並みの者の〝成り上がり者〟に対する憎悪によって作られた評価である。北町奉行所の同心・鬼頭龍之助がその逆境のなかに、これからいかなる動きを見せ、活躍するのか、ご期待いただければ幸いである。

平成二十二年　晩春

喜安　幸夫

時代小説

二見時代小説文庫

はぐれ同心《どうしん》 闇裁《やみさば》き 龍之助《たつのすけ》江戸草紙《えどぞうし》

著者 喜安幸夫《きやすゆきお》

発行所 株式会社 二見書房
東京都千代田区三崎町二-一八-一一
電話 〇三-三五一五-二三一一［営業］
〇三-三五一五-二三一三［編集］
振替 〇〇一七〇-四-二六三九

印刷 株式会社 堀内印刷所
製本 ナショナル製本協同組合

落丁・乱丁本はお取り替えいたします。
定価は、カバーに表示してあります。

 ISBN978-4-576-10071-5
http://www.futami.co.jp/

大江戸三男《さんおとこ》事件帖　与力と火消と相撲取りは江戸の華
幡大介［著］
欣吾と伝次郎と三太郎、身分は違うが餓鬼の頃から互いに助け合ってきた仲間。「は組」の娘、お栄とともに旧知の老与力を救うべく立ち上がる…新シリーズ第1弾！

快刀乱麻　天下御免の信十郎1
幡大介［著］
二代将軍秀忠の世、秀吉の遺児にして加藤清正の猶子、波芝信十郎の必殺剣が擾乱の策謀を断つ！雄大な構想、痛快無比！火の国から凄い男が江戸にやってきた！

獅子奮迅　天下御免の信十郎2
幡大介［著］
将軍秀忠の「御免状」を懐に秀吉の遺児・信十郎は、越前宰相忠直が布陣する関ヶ原に向かった。雄大で痛快な展開に早くも話題沸騰　大型新人の第2弾！

刀光剣影　天下御免の信十郎3
幡大介［著］
玄界灘、御座船上の激闘。山形五十七万石崩壊を企む伊達忍軍との壮絶な戦い。名門出の素浪人剣士・波芝信十郎が天下大乱の策謀を阻む痛快無比の第3弾！

豪刀一閃　天下御免の信十郎4
幡大介［著］
三代将軍宣下のため上洛の途についた将軍父子の命を狙う策謀。信十郎は柳生十兵衛らとともに御所忍び八部衆の度重なる襲撃に、豪剣を以って立ち向かう！

神算鬼謀　天下御免の信十郎5
幡大介［著］
肥後で何かが起こっている。秀吉の遺児にして加藤清正の養子・波芝信十郎らは帰郷。驚天動地の大事件を企むイスパニアの宣教師に挑む！　痛快無比の第5弾！

斬刃乱舞　天下御免の信十郎6
幡大介［著］
将軍の弟・忠長に与えられた徳川の〝聖地〟駿河を巡り、尾張、紀伊、将軍の乳母、天下の謀僧・南光坊天海ら徳川家の暗闘が始まった！　血わき肉躍る第6弾！

山峡の城　無茶の勘兵衛日月録
浅黄斑［著］
藩財政を巡る暗闘に翻弄されながらも毅然と生きる父と息子の姿を描く著者渾身の感動的な力作！　本格ミステリ作家が長編時代小説を書き下ろし

火蛾《かが》の舞

浅黄 斑[著]

無茶の勘兵衛日月録2

越前大野藩で文武両道に頭角を現わし、主君御供番として江戸へ旅立つ勘兵衛だが、江戸での秘命は暗殺だった……。人気シリーズの書き下ろし第2弾！

残月の剣

浅黄 斑[著]

無茶の勘兵衛日月録3

浅草の辻で行き倒れの老剣客を助けた「無茶勘」こと落合勘兵衛は、凄絶な藩主後継争いの死闘に巻き込まれていく……。好評の渾身書き下ろし第3弾！

冥暗の辻

浅黄 斑[著]

無茶の勘兵衛日月録4

深傷を負い床に臥した勘兵衛。彼の親友の伊波利三は、ある諫言から謹慎処分を受ける身に。暗雲が二人を包み、それはやがて藩全体に広がろうとしていた。

刺客の爪

浅黄 斑[著]

無茶の勘兵衛日月録5

邪悪の潮流は越前大野から江戸、大和郡山藩に及び、苦悩する落合勘兵衛を打ちのめすかのように更に悲報が舞い込んだ。大河ビルドンクス・ロマン第5弾

陰謀の径《みち》

浅黄 斑[著]

無茶の勘兵衛日月録6

次期大野藩主への贈り物の秘薬に疑惑を持った江戸留守居役松田と勘兵衛はその背景を探る内、迷路の如く張り巡らされた謀略の渦に呑み込まれてゆく……

報復の峠

浅黄 斑[著]

無茶の勘兵衛日月録7

越前大野藩に迫る大老酒井忠清を核とする高田藩と福井藩の陰謀、そして勘兵衛を狙う父と子の復讐の刃！正統派教養小説の旗手が贈る激動と感動の第7弾！

惜別の蝶

浅黄 斑[著]

無茶の勘兵衛日月録8

越前大野藩を併呑せんと企む大老酒井忠清。事態を憂慮した老中稲葉正則と大目付大岡忠勝が動きだす。藩御耳役・勘兵衛の新たなる闘いが始まった……第8弾！

風雲の谺《こだま》

浅黄 斑[著]

無茶の勘兵衛日月録9

深化する越前大野藩への謀略。瞬時の油断も許されぬ状況下で、藩御耳役・落合勘兵衛藩が失踪した！正統派教養小説の旗手が着実な地歩を築く最新第9弾！

居眠り同心 影御用 源之助人助け帖
早見 俊［著］
凄腕の筆頭同心がひょんなことで閑職に——。暇で暇で死にそうな日々にさる大名家の江戸留守居から極秘の影御用が舞い込んだ。新シリーズ第1弾！

水妖伝 御庭番宰領
大久保智弘［著］
信州弓月藩の元剣術指南役で無外流の達人鵜飼兵馬を狙う妖剣！ 連続する斬殺体と陰謀の真相は？ 時代小説大賞の本格派作家、渾身の書き下ろし

孤剣、闇を翔ける 御庭番宰領
大久保智弘［著］
時代小説大賞作家による好評「御庭番宰領」シリーズ、その波瀾万丈の先駆作品。無外流の達人鵜飼兵馬は公儀御庭番の宰領として信州への遠国御用に旅立つ。

吉原宵心中 御庭番宰領3
大久保智弘［著］
無外流の達人鵜飼兵馬は吉原田圃で十六歳の振袖新造・薄紅を助けた。異様な事件の発端となるとも知らずに……ますます快調の御庭番宰領シリーズ第3弾

秘花伝 御庭番宰領4
大久保智弘［著］
身許不明の武士の惨殺体と微笑した美女の死体。二つの事件が無外流の達人鵜飼兵馬を危地に誘う…。時代小説大賞作家が圧倒的な迫力で権力の悪を描き切った傑作！

無の剣 御庭番宰領5
大久保智弘［著］
時代は田沼意次から松平定信へ。鵜飼兵馬は有形から無形の自在剣へと、新境地に達しつつあった……時代小説の新しい地平に挑み、豊かな収穫を示す一作

仕官の酒 とっくり官兵衛酔夢剣
井川香四郎［著］
酒には弱いが悪には滅法強い！ 藩が取り潰され浪人となった官兵衛は、仕官の口を探そうと亡妻の忘れ形見・信之助と江戸に来たが…。新シリーズ

ちぎれ雲 とっくり官兵衛酔夢剣2
井川香四郎［著］
江戸にて亡妻の忘れ形見の信之助と、仕官の口を探し歩く徳山官兵衛。そんな折、吉良上野介の家臣と名乗る武士が、官兵衛に声をかけてきたが……。

斬らぬ武士道　とっくり官兵衛酔夢剣3
井川香四郎[著]

仕官を願う素浪人に旨い話が舞い込んだ—奥州岩鞍藩に、藩主の毒味役として仮仕官した伊予浪人の徳山官兵衛。だが、初めて臨んだ夕餉には毒が盛られていた。

初秋の剣　大江戸定年組
風野真知雄[著]

現役を退いても、人は生きていかねばならない。人生の残り火を燃やす元・同心、旗本、町人の旧友三人組が厄介事解決に乗り出す。市井小説の新境地！

菩薩の船　大江戸定年組2
風野真知雄[著]

体はまだつづく。やり残したことはまだまだある。引退してなお意気軒昂な三人の男を次々と怪事件が待ち受ける。時代小説の実力派が放つ第2弾！

起死の矢　大江戸定年組3
風野真知雄[著]

若いつもりの三人組のひとりが、突然の病で体の自由を失った。意気消沈した友の起死回生と江戸の怪事件解決をめざして、仲間たちの奮闘が始まった。

下郎の月　大江戸定年組4
風野真知雄[著]

隠居したものの三人組の毎日は内に外に多事多難。静かな日々は訪れそうもない。人生の余力を振り絞って難事件にたちむかう男たち。好評第4弾！

金狐の首　大江戸定年組5
風野真知雄[著]

隠居三人組に奇妙な相談を持ちかけてきた女は、大奥の秘密を抱いて宿下がりしてきたのか。女の家を窺う怪しげな影。不気味な疑惑に三人組は…。待望の第5弾

善鬼の面　大江戸定年組6
風野真知雄[著]

能面を被ったまま町を歩くときも取らないという小間物屋の若日那。その面は、「善鬼の面」という逸品らしい。奇妙な行動の理由を探りはじめた隠居三人組は…

神奥の山　大江戸定年組7
風野真知雄[著]

隠居した旧友三人組の「よろず相談」には、いまだ解けぬ謎があった。岡っ引きの鮫蔵を刺したのは誰か？その謎に意外な男が浮かんだ。シリーズ第7弾！

二見時代小説文庫

栄次郎江戸暦 浮世唄三味線侍
小杉健治［著］
吉川英治賞作家の書き下ろし連作長編小説。田宮流抜刀術の名手矢内栄次郎は部屋住の身ながら三味線の名手。栄次郎が巻き込まれる四つの謎と四つの事件。

間合い 栄次郎江戸暦2
小杉健治［著］
敵との間合い、家族、自身の欲との間合い。一つの印籠から始まる藩主交代に絡む陰謀。栄次郎を襲う凶刃の嵐。権力と野望の葛藤を描く渾身の傑作長編。

見切り 栄次郎江戸暦3
小杉健治［著］
剣を抜く前に相手を見切る。誤てば死―何者かに襲われた栄次郎！ 彼らは何者なのか？ なぜ、自分を狙うのか？ 武士の野望と権力のあり方を鋭く描く会心作！

残心 栄次郎江戸暦4
小杉健治［著］
吉川英治賞作家が〝愛欲〟という大胆テーマに挑んだ！美しい新内流しの唄が連続殺人を呼ぶ…抜刀術の達人で三味線の名手栄次郎が落ちた性の無間地獄

暗闇坂 五城組裏三家秘帖
武田櫂太郎［著］
雪の朝、災厄は二人の死者によってもたらされた。伊達家六十二万石の根幹を蝕む黒い顎が今、口を開きはじめた。若き剣士・望月彦四郎が奔る！

月下の剣客 五城組裏三家秘帖2
武田櫂太郎［著］
〈生類憐みの令〉の下、犬が斬殺された。現場に残された崑崙山の根付――それは、仙台藩探索方五城組の印だった。伊達家仙台藩に芽生える新たな危機！

影法師 柳橋の弥平次捕物噺
藤井邦夫［著］
南町奉行所吟味与力秋山久蔵と北町奉行所臨時廻り同心白縫半兵衛の御用を務める岡っ引、柳橋の弥平次の人情裁き！ 気鋭が放つ書き下ろし新シリーズ

祝い酒 柳橋の弥平次捕物噺2
藤井邦夫［著］
岡っ引の弥平次が主をつとめる船宿に、父を探して年端もいかぬ男の子が訪ねてきた。だが、子が父と呼ぶ直助はすでに、探索中に憤死していた……。

二見時代小説文庫

宿無し 柳橋の弥平次捕物噺3
藤井邦夫［著］

南町奉行所の与力秋山久蔵の御用を務める岡っ引の弥平次は、左腕に三分二筋の入墨のある行き倒れの女を助けたが……。江戸人情の人気シリーズ第3弾！

道連れ 柳橋の弥平次捕物噺4
藤井邦夫［著］

諏訪町の油問屋が一家皆殺しのうえ金蔵を破られた。湯島天神で絵を描いて商う老夫婦の秘められた過去に弥平次の嗅覚が鋭くうずく。好評シリーズ第4弾！

裏切り 柳橋の弥平次捕物噺5
藤井邦夫［著］

柳橋から神田川の川面に、思い詰めた顔を映す女を見咎めた弥平次は、後を追わせるが…。岡っ引たちの執念が江戸の悪を追い詰める！ 人情シリーズ第5弾

夏椿咲く つなぎの時蔵覚書
松乃藍［著］

父は娘をいたわり、娘は父を思いやる。秋津藩の藩金不正疑惑の裏に隠された意外な真相！ 鬼才半村良に師事した女流が時代小説を書き下ろし

桜吹雪く剣 つなぎの時蔵覚書2
松乃藍［著］

藩内の内紛に巻き込まれ、故郷を捨て名を改め、江戸にて貸本屋を商う時蔵。春…桜咲き誇る中、届けられた一通の文が、二十一年前の悪夢をよみがえらせる…

蓮花の散る つなぎの時蔵覚書3
松乃藍［著］

悲劇の始まりは鬼役の死であった。二転三転する事件の悲劇と真相……。行き着く果てに何が待っているのか？俊英女流が満を持して放つ力作長編500枚！

雪の花舞う つなぎの時蔵覚書4
松乃藍［著］

江戸の町に降りつもる白雪を血に染めて一人また一人……非業の運命に立ち向かう時蔵の怒りと哀しみの剣！ 女流俊英の読切時代長編、ついに完結！

遊里ノ戦《いくさ》 新宿武士道1
吉田雄亮［著］

宿駅・内藤新宿の治安を守るべく微禄に甘んじていた伊賀百人組の手練たちが「仕切衆」となって悪を討つ！ 宿場を「城」に見立てる七人のサムライたち！

木《こ》の葉《は》侍 口入れ屋 人《ひと》道《どう》楽《らく》帖

花家圭太郎［著］

腕自慢だが一文なしの行き倒れ武士が、口入れ屋に拾われた。江戸で生きるにゃ金がいる。慣れぬ仕事に精を出すが……名手が贈る感涙の新シリーズ！

影花侍 口入れ屋 人道楽帖2

花家圭太郎［著］

口入れ屋に拾われた羽州浪人永井新兵衛に、用心棒の仕事が舞い込んだ。町中が震える強盗事件の背後に潜むに奸計とは!? 人情話の名手が贈る剣と涙と友情！

日本橋物語 蜻蛉屋お瑛

森 真沙子［著］

この世には愛情だけではどうにもならぬ事がある。土一升金一升の日本橋で店を張る美人女将が遭遇する六つの謎と事件の行方……心にしみる本格時代小説

迷い蛍 日本橋物語2

森 真沙子［著］

御政道批判の罪で捕縛された幼馴染みを救うべく蜻蛉屋の美人女将お瑛の奔走が始まった。美しい江戸の四季を背景に人の情と絆を細やかな筆致で描く第2弾

まどい花 日本橋物語3

森 真沙子［著］

〝わかっていても別れられない〟女と男のどうしようもない関係が事件を起こす。美人女将お瑛を捲き込む新たな難題と謎…。豊かな叙情と推理で描く第3弾

秘め事 日本橋物語4

森 真沙子［著］

人の最期を看取る。それを生業とする老女瀧川の告白を聞き、蜻蛉屋女将お瑛の悪夢の日々が始まった…なぜ瀧川は掟を破り、触れてはならぬ秘密を話したのか？

旅立ちの鐘 日本橋物語5

森 真沙子［著］

喜びの鐘、哀しみの鐘、そして祈りの鐘。重荷を背負って生きる蜻蛉屋お瑛に春遠き事件の数々…。円熟の筆致で描く出会いと別れの秀作！叙情サスペンス第5弾

子別れ 日本橋物語6

森 真沙子［著］

風薫る初夏、南東風と呼ばれる嵐が江戸を襲う中、二人の女が助けを求めて来た……。勝気な美人女将お瑛が、優しいが故に見舞われる哀切の事件。第6弾